Marguerite Duras

La douleur

Gallimard

Pour Nicolas Régnier
et Frédéric Antelme.

I

La douleur

J'ai retrouvé ce *Journal* dans deux cahiers des armoires bleues de Neauphle-le-Château.

Je n'ai aucun souvenir de l'avoir écrit.

Je sais que je l'ai fait, que c'est moi qui l'ai écrit, je reconnais mon écriture et le détail de ce que je raconte, je revois l'endroit, la gare d'Orsay, les trajets, mais je ne me vois pas écrivant ce *Journal*. Quand l'aurais-je écrit, en quelle année, à quelles heures du jour, dans quelle maison ? Je ne sais plus rien.

Ce qui est sûr, évident, c'est que ce texte-là, il ne me semble pas pensable de l'avoir écrit pendant l'attente de Robert L.

Comment ai-je pu écrire cette chose que je ne sais pas encore nommer et qui m'épouvante quand je la relis. Comment ai-je pu de même abandonner ce texte pendant des années dans cette maison de campagne régulièrement inondée en hiver.

La première fois que je m'en soucie, c'est à partir d'une demande que me fait la revue *Sorcières* d'un texte de jeunesse.

La douleur est une des choses les plus importantes de ma vie. Le mot « écrit » ne conviendrait pas. Je me suis trouvée devant des pages régulièrement pleines d'une petite écriture extraordinairement régulière et calme. Je me suis trouvée devant un désordre phénoménal de la pensée et du sentiment auquel je n'ai pas osé toucher et au regard de quoi la littérature m'a fait honte.

Avril.

Face à la cheminée, le téléphone, il est à côté de moi. À droite, la porte du salon et le couloir. Au fond du couloir, la porte d'entrée. Il pourrait revenir directement, il sonnerait à la porte d'entrée : « Qui est là. — C'est moi. » Il pourrait également téléphoner dès son arrivée dans un centre de transit : « Je suis revenu, je suis à l'hôtel Lutetia pour les formalités. » Il n'y aurait pas de signes avant-coureurs. Il téléphonerait. Il arriverait. Ce sont des choses qui sont possibles. Il en revient tout de même. Il n'est pas un cas particulier. Il n'y a pas de raison particulière pour qu'il ne revienne pas. Il n'y a pas de raison pour qu'il revienne. Il est possible qu'il revienne. Il sonnerait : « Qui est là. — C'est moi. » Il y a bien d'autres choses qui arrivent dans ce même domaine. Ils ont fini par franchir le Rhin. La charnière d'Avranches a fini par sauter. Ils ont fini par reculer. J'ai fini par vivre jusqu'à la fin de la guerre. Il faut que je fasse attention : ça ne serait pas extraordinaire s'il revenait. Ce serait

13

normal. Il faut prendre bien garde de ne pas en faire un événement qui relève de l'extraordinaire. L'extraordinaire est inattendu. Il faut que je sois raisonnable : j'attends Robert L. qui doit revenir.

Le téléphone sonne : « Allô, allô, vous avez des nouvelles ? » Il faut que je me dise que le téléphone sert aussi à ça. Ne pas couper, répondre. Ne pas crier de me laisser tranquille. « Aucune nouvelle. — Rien ? Aucune indication ? — Aucune. — Vous savez que Belsen a été libéré ? Oui, hier après-midi... — Je sais. » Silence. Est-ce que je vais encore le demander ? Oui. Je le demande : « Qu'est-ce que vous en pensez ? Je commence à être inquiète. » Silence. « Il ne faut pas se décourager, tenir, vous n'êtes hélas pas la seule, je connais une mère de quatre enfants... — Je sais, je m'excuse, je dois sortir, au revoir. » Je repose le téléphone. Je n'ai pas bougé de place. Il ne faut pas trop faire de mouvements, c'est de l'énergie perdue, garder toutes ses forces pour le supplice.

Elle a dit : « Vous savez que Belsen a été libéré ? » Je l'ignorais. Encore un camp de plus, libéré. Elle a dit : « Hier après-midi. » Elle ne l'a pas dit, mais je le sais, les listes des noms arriveront demain matin. Il faut descendre, acheter le journal, lire la liste. Non. Dans les tempes j'entends un battement qui grandit. Non je ne lirai pas cette liste. D'abord le système des listes, je l'ai essayé depuis trois semaines, il n'est pas celui qui convient. Et plus il y a de listes, plus il en paraîtra, moins il y aura de noms sur ces listes. Il en paraîtra jusqu'au bout. Il n'y sera jamais si c'est moi qui les lis. Le moment de bouger arrive. Se soulever, faire trois pas, aller à la fenêtre. L'école de médecine, là, toujours. Les passants, toujours, ils marcheront au moment où j'apprendrai qu'il ne reviendra jamais. Un avis de décès. On a commencé ces temps-ci à prévenir. On sonne : « Qui est là. — Une assistante sociale de la mairie. » Le battement dans les tempes continue. Il faudrait que j'arrête ce battement dans les tempes. Sa mort est en moi. Elle bat à mes tempes. On ne peut pas s'y tromper. Arrêter les battements dans les tempes — arrêter le cœur — le calmer — il ne se calmera jamais tout seul, il faut l'y aider. Arrêter l'exorbitation de la raison qui fuit, qui quitte la tête. Je mets mon manteau, je descends. La concierge est là : « Bonjour madame L. » Elle n'avait pas un air particulier aujourd'hui. La rue non plus. Dehors, avril.

Dans la rue je dors. Les mains dans les poches, bien calées, les jambes avancent. Éviter les kiosques à journaux. Éviter les centres de transit. Les Alliés avancent sur tous les fronts. Il y a quelques jours encore c'était important, Maintenant ça n'a plus aucune importance. Je ne lis plus les communiqués. C'est complètement inutile, maintenant ils avanceront jusqu'au bout. Le jour, la lumière du jour à profusion sur le mystère nazi. Avril, ce sera arrivé en avril. Les armées alliées déferlent sur l'Allemagne. Berlin brûle. L'Armée Rouge poursuit son avance victorieuse dans le Sud, Dresde est dépassé. Sur tous les fronts on avance. L'Allemagne, réduite à elle-même. Le Rhin est traversé, c'était couru. Le grand jour de la guerre : Remagen. C'est après que ça a commencé. Dans un fossé, la tête tournée contre terre, les jambes repliées, les bras étendus, il se meurt. Il est mort. À travers les squelettes de Buchenwald, le sien. Il fait chaud dans toute l'Europe. Sur la route, à côté de lui, passent les armées alliées qui avancent. Il est mort depuis trois semaines. C'est ça, c'est ça qui est arrivé. Je tiens une certitude. Je marche plus vite. Sa bouche est entrouverte. C'est le soir. Il a pensé à moi avant de mourir. La douleur est telle, elle étouffe, elle n'a plus d'air. La douleur a besoin de place. Il y a beaucoup trop de monde dans les rues, je voudrais avancer dans une grande plaine, seule. Juste avant de mourir, il a dû dire mon nom. Tout le long de toutes les routes d'Allemagne, il y en a qui sont allongés dans des poses semblables à la sienne. Des milliers, des dizaines de milliers, et lui. Lui qui est à la fois contenu dans les milliers des autres, et détaché pour moi seule des milliers des autres, complètement distinct, seul. Tout ce qu'on peut savoir quand on ne sait rien, je le sais. Ils ont commencé par les évacuer, puis à la dernière minute, ils les ont tués. La guerre est une donnée générale, les nécessités de la guerre aussi, la mort. Il est mort en pronon-

16

çant mon nom. Quel autre nom aurait-il pu prononcer? Ceux qui vivent de données générales n'ont rien de commun avec moi. Personne n'a rien de commun avec moi. La rue. Il y a en ce moment à Paris des gens qui rient, des jeunes surtout. Je n'ai plus que des ennemis. C'est le soir, il faut que je rentre attendre au téléphone. De l'autre côté aussi c'est le soir. Dans le fossé l'ombre gagne, sa bouche est maintenant dans le noir. Soleil rouge sur Paris, lent. Six ans de guerre se terminent. C'est la grande affaire du siècle. L'Allemagne nazie est écrasée. Lui aussi dans le fossé. Tout est à sa fin. Impossible de m'arrêter de marcher. Je suis maigre, sèche comme de la pierre. À côté du fossé, le parapet du pont des Arts, la Seine. Exactement, c'est à droite du fossé. Le noir les sépare. Rien au monde ne m'appartient plus, que ce cadavre dans un fossé. Le soir est rouge. C'est la fin du monde. Je ne meurs contre personne. Simplicité de cette mort. J'aurai vécu. Cela m'indiffère, le moment où je meurs m'indiffère. En mourant je ne le rejoins pas, je cesse de l'attendre. Je préviendrai D. : « Il vaut mieux mourir, que feriez-vous de moi. » Habilement, je mourrai vivante pour lui, ensuite quand la mort surviendra ce sera un soulagement pour D. Je fais ce bas calcul. Il faut rentrer. D. m'attend. « Aucune nouvelle? — Aucune. » On ne me demande plus comment ça va, on ne me dit plus bonjour. On dit : « Aucune nouvelle? » Je dis : « Aucune. » Je vais m'asseoir près du téléphone, sur le divan. Je me tais. D. est inquiet. Quand il ne me regarde pas, il a l'air soucieux. Depuis huit jours déjà il ment. Je dis à D. : « Dites-moi quelque chose. » Il ne me dit plus que je suis cinglée, que je n'ai pas le droit de rendre tout le monde malade. Maintenant à peine dit-il : « Il n'y a aucune raison pour qu'il ne revienne pas lui aussi. » Il sourit, il est maigre lui aussi, toute sa figure se tire quand il sourit. Sans la présence de D., il me semble que je ne pourrais pas tenir. Il vient chaque jour, quelquefois deux fois par jour. Il reste là. Il allume la lampe du salon, il y a déjà une heure qu'il est là, il doit être neuf heures du soir, on n'a pas encore dîné.

D. est assis loin de moi. Je regarde un point fixe au-delà de la fenêtre noire. D. me regarde. Alors je le regarde. Il me sourit, mais ce n'est pas vrai. La semaine dernière il s'approchait encore de moi, il me prenait la main, il me disait : « Robert reviendra, je vous le jure. » Maintenant je sais qu'il se demande s'il ne vaudrait pas mieux cesser d'entretenir encore l'espoir. Quelquefois je dis : « Excusez-moi. » Au bout d'une heure, je dis : « Comment se fait-il qu'on n'ait aucune nouvelle. » Il dit : « Il y a des milliers de déportés qui sont encore dans des camps, qui n'ont pas été atteints par les Alliés, comment voulez-vous qu'ils vous préviennent ? » Ça dure longtemps, jusqu'au moment où je demande à D. de me jurer que Robert reviendra. Alors D. jure que Robert. L. reviendra des camps de concentration.

Je vais à la cuisine, je mets des pommes de terre à cuire. Je reste là. J'appuie mon front contre le rebord de la table, je ferme les yeux. D. dans l'appartement ne fait aucun bruit, il y a seulement la rumeur du gaz. On dirait le milieu de la nuit. L'évidence fond sur moi, d'un seul coup, l'information : il est mort depuis quinze jours. Depuis quinze nuits, depuis quinze jours, à l'abandon dans un fossé. La plante de pieds à l'air. Sur lui la pluie, le soleil, la poussière des armées victorieuses. Ses mains sont ouvertes. Chacune de ses mains plus chère que ma vie. Connues de moi. Connues de cette façon-là que de moi. Je crie. Des pas très lents dans le salon. D. vient. Je sens autour de mes épaules deux mains douces, fermes, qui me retirent la tête de la table. Je suis contre D., je dis : « C'est terrible. — Je sais, dit D. — Non, vous ne pouvez pas savoir. — Je sais, dit D., mais essayez, on peut tout. » Je ne peux plus rien. Des bras serrés autour de soi, ça soulage. On pourrait presque croire que ça va mieux quelquefois. Une minute d'air respirable. On s'assied pour manger. Aussitôt l'envie de vomir revient. Le pain est celui qu'il n'a mangé, celui dont le manque l'a fait mourir. J'ai envie que D. parte. J'ai encore besoin de la place vide pour le supplice. D. part. L'appartement craque sous mes pas. J'éteins les lampes, je rentre dans ma chambre. Je vais lentement pour gagner du temps, ne pas remuer les choses dans ma tête. Si je ne fais pas attention, je ne dormirai pas. Quand je ne dors pas du tout, le lendemain ça va beaucoup plus mal. Je m'endors près de lui tous les soirs, dans le fossé noir, près de lui mort.

Avril.

Je vais au centre d'Orsay. J'ai beaucoup de mal à y faire pénétrer le Service des Recherches du journal *Libres* que j'ai créé en septembre 1944. On m'a objecté que ce n'était pas un service officiel. Le B.C.R.A. est déjà installé et ne veut céder sa place à personne. Tout d'abord je me suis installée clandestinement avec des faux papiers, des fausses autorisations. Nous avons pu récolter de nombreux renseignements qui ont paru dans *Libres,* au sujet des convois, des transferts de camps. Pas mal de nouvelles personnelles. « Dites à la famille Untel que le fils est vivant, je l'ai quitté hier. » On nous a mis à la porte mes quatre camarades et moi. L'argument est celui-ci : « Tout le monde veut être ici, c'est impossible. Ne seront admis ici que les secrétariats de stalags. » J'objecte que notre journal est lu par soixante-quinze mille parents de déportés et de prisonniers. « C'est regrettable mais le règlement interdit à tout service non officiel de s'installer ici. » Je dis que notre journal n'est pas comme les autres, qu'il est le seul à faire des tirages spéciaux de listes de noms. « Ce n'est pas une raison suffisante. » C'est un officier supérieur de la mission de rapatriement du ministère Fresnay qui me parle. Il a l'air très préoccupé, il est distant et soucieux. Il est poli. Il dit : « Je regrette. » Je dis : « Je me défendrai jusqu'au bout. » Je pars dans la direction des bureaux. « Où allez-vous ? — Je vais essayer de rester. » J'essaye de me faufiler dans une file de prisonniers de guerre qui tient toute la largeur du couloir. L'officier supérieur me dit, en montrant les prisonniers : « Comme vous voudrez, mais attention, ceux-là ne sont pas encore passés à la désinfection. En tout cas, si vous êtes encore là ce soir, je serai au regret de vous mettre dehors. » Nous avons trouvé une petite table de bois blanc que nous mettons à l'entrée du circuit. Nous interrogeons les prisonniers. Beaucoup viennent à nous. Nous recueillons des centaines de nouvelles. Je travaille sans lever le nez, je ne pense à rien d'autre qu'à bien orthographier les noms. De temps en temps un officier très reconnaissable des autres, jeune, en chemise couleur kaki, très ajustée, effet de torse, vient nous demander qui nous sommes. « Qu'est-ce que c'est que ça, le Service des Recherches ? Est-ce que vous avez un laissez-passer ? » Je montre un faux laissez-passer, ça marche. Puis c'est une femme de la mission de rapatriement : « Qu'est-ce que vous leur voulez ? » J'explique qu'on leur demande des nouvelles. Elle demande : « Et qu'est-ce que vous en faites de ces nouvelles ? » C'est une jeune femme aux cheveux blond platine, tailleur bleu marine, souliers assortis, bas fins, les ongles rouges. Je dis qu'on les publie dans un journal qui s'appelle *Libres,* qui est le journal des prisonniers et des déportés. Elle dit : « *Libres ?* Alors, vous n'êtes pas ministère ? *(sic).* » Non. « Avez-vous le droit de faire ça ? » Elle devient distante. Je dis : « On le prend. » Elle s'en va, on continue à interroger. Les choses nous sont facilitées du fait de la lenteur extrême du passage des prisonniers. Entre le moment où ils descendent du train et celui où ils accèdent au niveau du premier bureau du circuit, celui du contrôle d'identité, il se passe deux heures et demie. Pour les déportés, ce sera encore plus long parce qu'ils n'ont pas de papiers et qu'ils sont infiniment plus fatigués, à l'extrême limite de leurs efforts pour la plupart. Un officier revient, quarante-cinq ans, veste sanglée, le ton très sec : « Qu'est-ce que c'est que ça ? » On explique encore une fois. Il dit : « Il y a déjà un service analogue dans le centre. » Je me permets : « Comment faites-vous parvenir les nouvelles aux familles ? On sait déjà qu'il s'écoulera bien trois mois avant que tous aient pu écrire. » Il me regarde et il s'esclaffe : « Vous n'avez pas compris. Il ne s'agit pas de nouvelles. Il s'agit de renseignements sur les atrocités nazies. Nous constituons des dossiers. » Il s'éloigne, puis il revient : « Qui vous dit qu'ils vous disent la vérité ? C'est très dangereux ce que vous faites. Vous n'ignorez pas que les miliciens se cachent parmi eux ? » Je ne réponds pas qu'il m'est indifférent que les miliciens ne soient pas arrêtés. Je ne réponds pas. Il s'en va. Une demi-heure après arrive directement vers notre table un général, il est suivi d'un premier officier et de la jeune femme au tailleur bleu marine, également gradée. Comme un flic : « Vos papiers. » Je les montre. « Ce n'est pas suffisant. On vous permet de travailler debout, mais je ne veux plus voir cette table ici. » J'objecte qu'elle ne tient pas beaucoup de place. Il dit : « Le ministre a formellement interdit de mettre une table dans le hall d'honneur *(sic)*. » Il appelle deux scouts qui enlèvent la table. Nous travaillerons debout. De temps en temps il y a la radio, le programme est alterné, tantôt des airs swing et tantôt des airs patriotiques. La file des prisonniers augmente. De temps en temps je vais au guichet du fond de la salle : « Toujours pas de déportés ? — Pas de déportés. » Uniformes dans toute la gare. Femmes en uniformes, missions de rapatriement. On se demande d'où sortent ces gens, ces vêtements parfaits après six ans d'occupation, ces chaussures de cuir, ces mains, ce ton altier, cinglant, toujours méprisant que ce soit dans la fureur, la condescendance, l'amabilité. D. me dit : « Regardez-les bien, ne les oubliez pas. » Je demande d'où ça vient, pourquoi c'est là tout à coup avec nous, mais avant tout qui c'est. D. me dit : « La Droite. La Droite c'est ça. Ce que vous voyez c'est le personnel gaulliste qui prend ses places. La Droite s'est retrouvée dans le gaullisme même à travers la guerre. Vous allez voir qu'ils vont être contre tout mouvement de résistance qui n'est pas directement gaulliste. Ils vont occuper la France. Ils se croient la France tutélaire et pensante. Ils vont longtemps empoisonner la France, il faudra s'habituer à faire avec. »

Elles parlent des prisonniers en disant « ces pauvres garçons ». Elles s'interpellent comme dans un salon. « Dites-moi ma chère... mon cher.. » À peu d'exceptions près, elles ont l'accent de l'aristocratie française. Elles sont là pour donner des renseignements aux prisonniers sur les heures de départ des trains. Elles ont le sourire spécifique des femmes qui veulent que l'on perçoive leur grande fatigue, mais aussi leur effort pour le cacher. On manque d'air ici. Elles sont vraiment très préoccupées. De temps en temps des officiers viennent les voir, ils échangent des cigarettes anglaises : « Alors, toujours infatigable ? — Comme vous le voyez, mon capitaine. » Rires. La salle d'honneur résonne de bruits de pas, de conversations murmurées, de pleurs, de plaintes. Ça arrive toujours. Des camions défilent. Ils viennent du Bourget. Par groupe de cinquante, les prisonniers sont déversés dans le centre. Quand un groupe surgit, vite la musique : « *C'est la route qui va, qui, va, qui va, et qui n'en finit pas...* » Quand les groupes sont plus importants, c'est *La Marseillaise*. Des silences entre les chants, mais très courts. « Les pauvres garçons » regardent la salle d'honneur, tous sourient. Des officiers de rapatriement les encadrent : « Allez mes amis, à la file. » Ils vont à la file et continuent de sourire. Les premiers arrivés au guichet d'identité disent : « C'est long », mais toujours en souriant gentiment. Lorsqu'on leur demande des renseignements, ils cessent de sourire, ils essayent de se rappeler. Ces jours derniers j'étais à la gare de l'Est, une de ces dames a apostrophé un soldat de la Légion, elle a montré ses galons : « Alors, mon ami, on ne salue pas, vous voyez bien que je suis capitaine *(sic)*. » Le soldat l'a regardée, elle était belle et jeune et il a ri. La dame est partie en courant : « Quel mal élevé. » J'ai été trouver le chef du centre pour arranger l'affaire du Service des Recherches. Il nous permet de rester là, mais en fin de circuit, à la queue, du côté de la consigne. Tant qu'il n'y a pas de convois de déportés je tiens le coup. Il en revient par le Lutetia, mais par Orsay, pour le moment il n'y a que des isolés. J'ai peur de voir surgir Robert L. Lorsqu'on annonce des déportés je sors du centre, c'est entendu avec mes camarades, je ne reviens que lorsque les déportés sont partis. Lorsque je reviens les camarades me font signe de loin : « Rien. Aucun ne connaît Robert L. » Le soir je vais au journal, je donne les listes. Chaque soir, je dis à D. : « Demain je ne retournerai pas à Orsay. »

20 avril.

C'est aujourd'hui qu'arrive le premier convoi des déportés politiques de Weimar. On me téléphone le matin du centre. On me dit que je peux venir, qu'ils n'arriveront que l'après-midi. J'y vais pour la matinée. J'y resterai toute la journée. Je ne sais plus où me mettre pour me supporter.

Orsay. En dehors du centre, il y a des femmes de prisonniers de guerre coagulées en une masse compacte. Des barrières blanches les séparent des prisonniers. Elles crient : « Avez-vous des nouvelles de Untel ? » Quelquefois les soldats s'arrêtent, il y en a qui répondent. À sept heures du matin il y a déjà des femmes. Il y en a qui restent jusqu'à trois heures du matin et qui reviennent le lendemain à sept heures. Mais en pleine nuit, entre trois heures et sept heures, il y en a aussi qui restent. On leur interdit l'entrée du centre. Beaucoup de gens qui n'attendent personne viennent aussi à la gare d'Orsay pour voir le spectacle, l'arrivée des prisonniers de la guerre et la façon aussi dont les femmes les attendent, et tout le reste, voir comment ça se passe, ça ne se reproduira peut-être plus jamais. On distingue les spectateurs des autres au fait qu'ils ne crient pas et qu'ils se tiennent un peu à l'écart des masses des femmes pour pouvoir voir à la fois l'arrivée de prisonniers et l'accueil que leur font les femmes. Les prisonniers de guerre arrivent dans l'ordre. La nuit ils arrivent dans des grands camions américains, ils débouchent en pleine lumière. Les femmes hurlent, elles claquent des mains. Les prisonniers s'arrêtent, éblouis, interloqués. Dans la journée, les femmes crient dès qu'elles voient déboucher les camions du pont de Solférino. La nuit, elles crient dès qu'ils ralentissent, peu avant le centre. Elles crient des noms de villes allemandes : « Noyeswarda ? »*, « Kassel ? », ou des numéros de stalag : « VII A ? »,

* Je n'ai pas retrouvé ce lieu dans les index des atlas, je l'ai sans doute orthographié comme je l'ai entendu.

« Kommando du III A ? » Les prisonniers ont l'air étonné, ils arrivent tout droit du Bourget et de l'Allemagne, quelquefois ils répondent, le plus souvent ils ne comprennent pas très bien ce qu'on leur veut, ils sourient, ils se retournent sur les femmes françaises, ce sont les premières qu'ils revoient.

Je travaille mal, tous ces noms que j'additionne ne sont jamais le sien. Au rythme de chaque cinq minutes, l'envie d'en finir, de poser le crayon, de ne plus demander de nouvelles, de sortir du centre pour le reste de ma vie. Vers deux heures de l'après-midi, je vais demander à quelle heure arrive le convoi de Weimar, je quitte le circuit, je cherche quelqu'un à qui m'adresser. Dans un coin de la salle d'honneur, je vois une dizaine de femmes installées par terre et auxquelles une colonelle est en train de parler. Je m'approche. La colonelle est une grande femme en tailleur bleu marine, croix de Lorraine sur le revers, elle a des cheveux blancs bouclés au fer et passés au bleu. Les femmes la regardent, elles ont l'air harassé mais elles écoutent bouche bée ce que dit la colonelle. Autour d'elles traînent des baluchons, des valises ficelées et aussi un petit enfant qui dort sur un baluchon. Elles sont très sales et elles ont le visage décomposé. Deux d'entre elles ont un ventre énorme. Une autre femme officier regarde, un peu à l'écart. Je m'approche d'elle et je lui demande ce qui se passe. Elle me regarde, elle baisse les yeux et dit pudiquement : « Volontaires S.T.O. » La colonelle leur dit de se lever et de la suivre. Elles se lèvent et la suivent. Si elles ont ce visage effrayé c'est qu'elles viennent d'être huées par les femmes de prisonniers de guerre qui attendent à la porte du centre. Il y a quelques jours j'ai assisté à une arrivée de volontaires S.T.O. Ils arrivaient comme les autres, en souriant, puis peu à peu ils ont compris et alors ils ont eu ce même visage décomposé. La colonelle s'adresse à la jeune femme en uniforme qui m'a renseignée, elle montre les femmes du doigt : « Qu'est-ce qu'on en fait? » L'autre dit : « Je ne sais pas. » La colonelle a dû leur apprendre qu'elles étaient des ordures. Il y en a qui pleurent. Celles qui sont enceintes ont les yeux fixes. La colonelle leur a dit de se rasseoir. Elles se rasseyent. Ce sont pour la plupart des ouvrières, elles ont des mains noircies par l'huile des machines allemandes. Deux d'entre elles sont sans doute des prostituées, elles sont fardées, elles ont les cheveux teints, mais elles ont dû elles aussi travailler aux machines, elles ont les mêmes mains noircies. Un officier de rapatriement arrive : « Qu'est-ce que c'est que ça? — Volontaires S.T.O. » La voix de la colonelle est aiguë, elle se tourne vers les volontaires et elle menace : « Asseyez-vous et restez tranquilles... C'est entendu? Ne croyez pas qu'on va vous laisser partir comme ça... » De sa main elle menace les volontaires. L'officier de rapatriement s'approche du tas de volontaires, il les regarde, et devant elles, les volontaires, il demande à la colonelle : « Avez-vous des ordres? » La colonelle :

« Non, et vous ? — On m'a parlé de six mois de détention. » La colonelle approuve de sa belle tête bouclée : « Ça ne serait pas volé... » L'officier envoie des bouffées de fumée — Camel — au-dessus du tas des volontaires qui suivent la conversation, les yeux hagards : « D'accord ! » et il s'éloigne, jeune, élégant, un homme de cheval, Camel à la main. Les volontaires regardent et guettent une indication quelconque sur le sort qui les attend. Aucune indication. J'arrête la colonelle qui s'en va : « Savez-vous à quelle heure le convoi de Weimar arrive ? » Elle me regarde attentivement : « Trois heures. » Elle me regarde encore et encore, elle me jauge, et elle me dit excédée, mais à peine : « Ce n'est pas la peine d'encombrer le centre à attendre, il n'y a que des généraux et des préfets, rentrez chez vous. » Je ne m'y attendais pas. Je crois que je l'insulte. Je dis : « Et les autres ? » Elle se redresse : « J'ai horreur de cette mentalité ! Allez vous plaindre ailleurs, ma petite. » Elle est tellement indignée qu'elle va en rendre compte à un petit groupe de femmes également en uniforme, celles-là l'écoutent raconter, elles s'indignent, me regardent. Je vais vers l'une d'entre elles. Je dis : « Elle n'attend personne celle-là ? » Elle me regarde, scandalisée. Elle essaye de me calmer. Elle dit : « Elle a tellement à faire, la pauvre, elle est énervée. » Je retourne au Service des Recherches, à la fin du circuit. Peu après je retourne dans la salle d'honneur. D. m'y attend avec un faux laissez-passer.

Vers trois heures, une rumeur : « Les voilà. »
Je quitte le circuit, je me poste à l'entrée d'un
petit couloir, face à la salle d'honneur. J'attends.
Je sais que Robert L. n'y sera pas. D. est à côté de
moi. Il est chargé d'aller interroger les déportés
pour savoir s'ils ont connu Robert L. Il est pâle. Il
ne s'occupe pas de moi. Il y a un grand brouhaha
dans la salle d'honneur. Les femmes en uniforme
s'affairent autour des volontaires et les font
s'asseoir par terre dans un pan coupé. La salle
d'honneur est vide. Il y a un arrêt dans l'arrivée
des prisonniers de guerre. Des officiers de rapatriement circulent. Arrêt aussi du micro.
J'entends : « Le ministre. » Je reconnais Fresnay
parmi les officiers. Je suis toujours à la même
place à l'entrée du petit couloir. Je regarde
l'entrée. Je sais que Robert L. n'a aucune espèce
de chance d'y être. Mais peut-être que D. arrivera
à savoir quelque chose. Ça ne va pas. Je tremble.
J'ai froid. Je m'appuie contre la paroi. Tout à
coup une rumeur : « Les voilà ! » Dehors, les
femmes n'ont pas crié. Elles n'ont pas applaudi.
Tout à coup débouchent du couloir d'entrée
deux scouts qui portent un homme. L'homme les
tient enlacés par le cou. Les scouts le portent, les
bras en croix sous les cuisses. L'homme est habillé
en civil, il est rasé, il a l'air de beaucoup souffrir.
Il est d'une étrange couleur. Il doit pleurer. On
ne peut pas dire qu'il est maigre, c'est autre chose,
il reste très peu de lui-même, si peu qu'on doute
qu'il soit en vie. Pourtant non, il vit encore, son
visage se convulse dans une grimace effrayante, il

vit. Il ne regarde rien, ni le ministre, ni la salle d'honneur, ni les drapeaux, rien. Sa grimace, c'est peut-être qu'il rit. C'est le premier déporté de Weimar qui entre dans le centre. Sans m'en rendre compte j'ai avancé, je me tiens au milieu de la salle d'honneur, le dos au micro. Suivent deux autres scouts qui soutiennent un autre vieillard. Puis une douzaine d'autres arrivent, ceux-là ont l'air en meilleur état que les premiers. Soutenus, ils marchent. On les fait asseoir sur des bancs de jardin qu'on a installés dans la salle. Le ministre va vers eux. Le second qui est entré, le vieillard, il pleure. On ne peut pas savoir s'il est aussi vieux que ça, peut-être qu'il a vingt ans, on ne peut pas savoir l'âge. Le ministre s'approche et se découvre, il va vers le vieillard, il lui tend la main, le vieillard la prend, il ne sait pas que c'est la main du ministre. Une femme en uniforme bleu le lui crie : « C'est le ministre ! Il est venu vous recevoir ! » Le vieillard continue à pleurer, il n'a pas levé la tête. Tout à coup je vois D. assis près du vieillard. J'ai très froid, je claque des dents. Quelqu'un s'approche de moi : « Ne restez pas là, ce n'est pas utile, ça vous rend malade. » Je le connais, c'est un type du centre. Je reste. D. a commencé à parler au vieillard. Je récapitule rapidement. Il y a une chance sur dix mille pour que ce vieillard ait connu Robert L. On commence à dire dans Paris que les militaires ont des listes de survivants de Buchenwald. À part le vieillard qui pleure et les rhumatisants, les autres

31

ne paraissent pas en très mauvais état. Le ministre est assis auprès d'eux, ainsi que des officiers supérieurs. D. parle longtemps au vieillard. Je ne regarde que le visage de D. Je trouve que ça traîne. Alors j'avance très lentement vers le banc, dans le champ du regard de D. D. me voit, il me regarde et il fait de la tête le signe, « Non, il ne connaît pas. » Je m'éloigne. Je suis très fatiguée, j'ai envie de m'étendre par terre. Maintenant les femmes en uniforme apportent des gamelles aux déportés. Ils mangent, et tout en mangeant ils répondent aux questions qu'on leur pose. La chose frappante c'est que ce qu'on leur dit ne semble pas les intéresser. Je le saurai demain par les journaux, il y a parmi ces gens, ces vieillards : le général Challe, son fils Hubert Challe — qui devait mourir cette nuit-ci, la nuit même de son arrivée — élève de Saint-Cyr, le général Audibert, Ferrière, directeur de la Régie des Tabacs, Julien Cain, administrateur de la Bibliothèque Nationale, le général Heurteaux, Marcel Paul, le professeur Suard de la faculté de médecine d'Angers, le professeur Richet, Claude Bourdet, le frère de Teitgen, ministre de l'Information, Maurice Nègre...

Je quitte le centre vers cinq heures de l'après-midi, je passe par les quais. Il fait très beau, c'est une très belle journée ensoleillée. J'ai hâte de rentrer, de m'enfermer avec le téléphone, de retrouver le fossé noir. Dès que je quitte le quai et que je prends la rue du Bac, la ville redevient lointaine, et le centre d'Orsay disparaît. Peut-être qu'il reviendra tout de même. Je ne sais plus. Je suis très fatiguée. Je suis très sale. Je passe aussi une partie de mes nuits au centre. Il faut que je me décide à prendre un bain en rentrant, cela doit faire huit jours que je ne me lave plus. J'ai si froid dans le printemps, l'idée de se laver me fait frissonner, j'ai comme une fièvre fixe qui ne partirait plus. Ce soir je pense à moi. Je n'ai jamais rencontré une femme plus lâche que moi. Je récapitule, des femmes qui attendent comme moi, non, aucune n'est aussi lâche que ça. J'en connais de très courageuses. D'extraordinaires. Ma lâcheté est telle qu'on ne la qualifie plus, sauf D. Mes camarades du Service des Recherches me considèrent comme une malade. D. me dit : « En aucun cas on a le droit de s'abolir à ce point. » Il me le dit souvent : « Vous êtes une malade. Vous êtes une folle. Regardez-vous, vous ne ressemblez plus à rien. » Je n'arrive pas à saisir ce qu'on veut me dire. [Même maintenant quand je retranscris ces choses de ma jeunesse, je ne saisis pas le sens de ces phrases.] Pas une seconde je n'entrevois la nécessité d'avoir du courage. Ma lâcheté à moi serait peut-être d'avoir du courage. Suzy a du courage pour son petit garçon. Moi, l'enfant que nous avons eu avec Robert L., il est mort à la naissance — de la guerre lui aussi — les docteurs se déplaçaient rarement la nuit pendant la guerre, ils n'avaient pas assez d'essence. Je suis donc seule. Pourquoi économiser de la force dans mon cas. Aucune lutte ne m'est proposée. Celle que je mène, personne ne peut la connaître. Je lutte contre les images du fossé noir. Il y a des moments où l'image est plus forte, alors je crie ou je sors et je marche dans Paris. D. dit : « Quand vous y repenserez plus tard, vous aurez honte. » Les gens sont dans les rues comme à l'ordinaire, il y a des queues devant les magasins, il y a déjà quelques cerises, c'est pourquoi les femmes attendent. J'achète un journal. Les Russes se trouvent à Strausberg, peut-être même plus loin, aux abords de Berlin. Les femmes qui font la queue pour les cerises attendent la chute de Berlin. Je l'attends. « Ils vont comprendre, ils vont voir ce qu'ils vont voir », disent les gens. Le monde entier l'attend. Tous les gouvernements du monde sont d'accord. Le cœur de l'Allemagne, disent les journaux, quand il aura cessé de battre, ce sera tout à fait fini. De quatre-vingts mètres en quatre-vingts mètres Joukov a posté des canons qui, à soixante kilomètres autour de Berlin pilonnent le centre. Berlin flambe. Elle sera brûlée jusqu'à la racine. Entre ses ruines, le sang allemand coulera. Quelquefois on croit sentir l'odeur de ce sang. Le voir. Un prêtre prisonnier a ramené au centre un orphelin allemand. Il le tenait par la main, il en était fier, il le montrait, il expliquait comment il l'avait trouvé, que ce n'était pas de sa faute à ce pauvre enfant. Les femmes le regardaient mal. Il s'arrogeait le droit de déjà pardonner, de déjà absoudre. Il ne revenait d'aucune douleur, d'aucune attente. Il se permettait d'exercer ce droit de pardonner, d'absoudre là, tout de suite, séance tenante, sans aucunement connaître la haine dans laquelle on était, terrible et bonne, consolante, comme une foi en Dieu. Alors de quoi parlait-il? Jamais un prêtre n'a paru aussi incongru. Les femmes détournaient leurs regards, elles crachaient sur le sourire épanoui de clémence et de clarté. Ignoraient l'enfant. Tout se divisait. Restait d'un côté le front des femmes, compact, irréductible. Et de l'autre côté cet homme seul qui avait raison dans un langage que les femmes ne comprenaient plus.

Avril.

Monty aurait franchi l'Elbe, mais ce n'est pas sûr, les desseins de Monty sont moins clairs que ceux de Patton. Patton fonce. Patton a atteint Nuremberg. Monty aurait atteint Hambourg. La femme de David Rousset téléphone : « Ils sont à Hambourg. Pendant plusieurs jours ils ne diront rien sur les camps de Hambourg-Neuengamme. » Elle s'est beaucoup inquiétée ces derniers jours, et à juste titre. David était là, à Bergen-Belsen. Les Allemands fusillaient. L'avance des Alliés est très rapide, ils n'ont pas le temps d'emmener, ils fusillent. On ne sait pas encore que parfois, quand ils n'ont pas le temps de fusiller, ils laissent là. Halle a été nettoyé. Chemnitz est pris, largement dépassé en direction de Dresde. Patch nettoie Nuremberg. Georges Bidault s'entretient avec le président Truman au sujet de la Conférence de San Francisco. Je marche dans les rues. Nous sommes fatiguées, fatiguées. Dans *Libération-Soir* : « Jamais plus on ne parlera de Vaihingen. Sur les cartes le vert tendre des forêts descendra jusqu'à l'Enz... L'horloger est mort à Stalingrad, le coiffeur servait à Paris, l'idiot occupait Athènes. Maintenant la grande rue est désespérément vide avec ses pavés le ventre en l'air comme des poissons morts. » Cent quarante mille prisonniers de guerre ont été rapatriés. Jusqu'à présent pas de chiffre de déportés. Malgré tous les efforts faits par les services ministériels, on n'a pas encore vu assez grand. Les prisonniers attendent des heures dans les jardins des Tuileries. On annonce que La Nuit du Cinéma aura cette année un éclat exceptionnel. Six cent mille juifs ont été arrêtés en France. On dit déjà qu'il en reviendra un sur cent. Il en reviendra donc six mille. On le croit encore. Il pourrait revenir avec les juifs. Depuis un mois il aurait pu nous donner de ses nouvelles. Pourquoi pas avec les juifs. Il me semble que j'ai assez attendu. Nous sommes fatiguées. Il va y avoir une autre arrivée de déportés de Buchenwald. Une boulangerie ouverte, il faudrait peut-être acheter du pain, ne pas laisser perdre les tickets. C'est criminel de laisser perdre les tickets. Il y a des gens qui n'attendent rien. Il y a aussi des gens qui n'attendent plus. Avant-hier soir en revenant du centre, je suis allée prévenir une famille rue Bonaparte. J'ai sonné, on est venu, j'ai dit : « C'est de la part du centre d'Orsay, votre fils va revenir, il est en bonne santé. » La dame le

36

savait déjà, le fils avait écrit il y a cinq jours. D. m'attendait derrière la porte. Je dis : « Ils savaient pour leur fils, il a écrit. Ils peuvent donc écrire. » D. n'a pas répondu. C'était il y a deux jours. Chaque jour j'attends moins. Le soir ma concierge me guette devant la porte, elle me dit d'aller voir Mme Bordes, la concierge de l'école. Je lui dis que j'irai demain matin, qu'elle n'a pas à s'en faire parce que aujourd'hui c'était le stalag VII A qui revenait, qu'il n'est pas encore question du III A. La concierge court pour lui dire. Je monte lentement, je suis très essoufflée par la fatigue. J'ai cessé d'aller voir Mme Bordes, je vais essayer d'y aller demain matin. J'ai froid. Je vais me rasseoir sur le divan près du téléphone. C'est la fin de la guerre. Je ne sais pas si j'ai sommeil. Depuis quelque temps déjà je n'éprouve plus le sommeil. Je me réveille alors je sais que j'ai dormi. Je me lève, je colle mon front contre la vitre. En bas le Saint-Benoit, c'est plein, une ruche. Il y a un menu clandestin pour ceux qui peuvent payer. Ce n'est pas ordinaire d'attendre ainsi. Je ne saurai jamais rien. Je sais seulement qu'il a eu faim pendant des mois et qu'il n'a pas revu un morceau de pain avant de mourir, même pas une seule fois. Les dernières satisfactions des morts, il ne les pas eues. Depuis le sept avril j'ai le choix. Il était peut-être parmi les deux mille fusillés de Belsen. À Mittel-Glattbach on a trouvé mille cinq cents corps dans un charnier. Partout, sur toutes les routes il y en a, colonnes immenses d'hommes hagards, on les emmène, ils ne savent pas où, les kapos non plus, ni les chefs. Aujourd'hui les vingt mille survivants de Buchenwald saluent les cinquante et un mille morts du camp. Fusillés la veille de l'arrivée des Alliés. À quelques heures de là, être tué. Pourquoi? On dit : Pour qu'ils ne racontent pas. Dans certains camps les Alliés ont trouvé les corps encore chauds. Que fait-on à la dernière seconde quand on perd la guerre? On casse la vaisselle, on casse les glaces à coups de pierres, on tue les chiens. Je n'en veux plus aux Allemands, ça ne peut plus s'appeler comme ça. J'ai pu leur en vouloir pendant un certain temps, c'était clair, c'était net, jusqu'à les massacrer tous, jusqu'au nombre entier des habitants de l'Allemagne, le supprimer de la terre, faire que ce ne soit plus possible. Maintenant, entre l'amour que j'ai pour lui et la haine que je leur porte, je ne sais plus distinguer. C'est une seule image à deux faces : sur l'une d'elles il y a lui, la poitrine face à l'Allemand, l'espoir de douze mois qui se noie dans ses yeux et sur l'autre face il y a les yeux de l'Allemand qui visent. Voilà les deux faces de l'image. Entre les deux il me faut choisir, lui qui roule dans le fossé, ou l'Allemand qui remet la mitraillette sur son épaule et qui part. Je ne sais pas s'il faut m'occuper de le recevoir dans mes bras et laisser fuir l'Allemand, ou laisser Robert L. et me saisir de l'Allemand qui l'a tué et crever ses yeux qui n'ont pas vu les siens. Depuis trois semaines je me dis qu'il faudrait les empêcher de tuer quand ils fuient. Personne n'a rien proposé. On aurait pu envoyer des commandos de parachutistes qui auraient pu tenir les camps pendant les vingt-quatre heures qui les séparaient de l'arrivée des Alliés. Jacques Auvray avait tenté de mettre au point la chose, cela depuis août 1944. Elle n'a pas été possible parce que Fresnay n'a pas voulu que l'initiative en revienne à un mouvement de résistance. Lui, ministre des P.G. et des déportés, il n'avait pas le moyen de le faire. Donc, il a laissé fusiller. Maintenant jusqu'au dernier camp de concentration libéré il y aura des fusillés. Il n'y a plus rien à faire pour les en empêcher. Dans mon image à double face, parfois, derrière l'Allemand, il y a Fresnay qui regarde. Mon front contre la vitre froide c'est bon. Je ne peux plus porter ma tête. Mes jambes et mes bras sont lourds, mais moins lourds que ma tête. Ce n'est plus une tête, mais un abcès. La vitre est fraîche. Dans une heure D. sera là. Je ferme les yeux. S'il revenait nous irions à la mer, c'est ce qui lui ferait le plus de plaisir. Je crois que de toutes façons je vais mourir. S'il revient je mourrai aussi. S'il sonnait : « Qui est là. — Moi, Robert L. », tout ce que je pourrais faire c'est ouvrir et puis mourir. S'il revient nous irons à la mer. Ce sera l'été, le plein été. Entre le moment où j'ouvre la porte et celui où nous nous retrouvons devant la mer, je suis morte. Dans une espèce de survie, je vois que la mer est verte, qu'il y a une plage un peu orangée, le sable. À l'intérieur de ma tête la brise salée qui empêche la pensée. Je ne sais pas où il est au moment où je vois la mer, mais je sais qu'il vit. Qu'il est quelque part sur la terre, de son côté, à respirer. Je peux donc m'étendre sur la plage et me reposer. Quand il reviendra nous irons à la mer, une mer chaude. C'est ce qui lui fera le plus plaisir, et puis le plus de bien aussi. Il arrivera, il atteindra la plage, il restera debout sur la plage et il regardera la mer. Moi, il me suffira de le regarder, lui. Je ne demande rien pour moi. La tête contre la vitre. C'est moi qui pleure peut-être bien. Entre six cent mille, une qui pleure. Cet homme devant la mer, c'est lui. En Allemagne les nuits étaient froides. Là, sur la plage, il sort en bras de chemise et il parle avec D. Ils sont absorbés par leur conversation. Je serai morte. Dès son retour je mourrai, impossible qu'il en soit autrement, c'est mon secret. D. ne le sait pas. J'ai choisi de l'attendre comme je l'attends, jusqu'à en mourir. Ça me regarde. Je reviens vers le divan, je m'étends. D. sonne. Je vais ouvrir : « Rien ? — Rien. » Il s'assied dans le salon à côté du divan. Je dis : « Je crois qu'il n'y a pas beaucoup d'espoir à avoir. » D. a un air excédé et il ne répond pas. Je continue : « Demain c'est le vingt-deux avril, 20 % des camps sont délivrés. J'ai vu Sorel au centre qui m'a dit qu'il en reviendrait un sur cinquante. » D. n'a pas la force de me répondre mais je continue. On sonne. C'est le beau-frère de Robert L. : « Alors ? — Rien. » Il hoche la tête, réfléchit et puis il dit : « C'est une question de liaison, ils ne peuvent pas écrire. » Ils disent : « Il n'y a plus de poste régulière en Allemagne. » Je dis : « Ce qui est sûr c'est qu'on a des nouvelles de ceux de Buchenwald. » Je rappelle que le convoi de Robert L., celui du dix-sept août est arrivé à Buchenwald. « Qui vous dit qu'il n'a pas été transféré ailleurs au début de l'année ? » Je leur dis de partir, de rentrer chez eux. Je les entends parler pendant un moment et puis de moins en moins. Il y a de longs silences dans la conversation, et puis tout à coup les voix reviennent. Je sens qu'on me prend l'épaule : c'est D. Je m'étais endormie. D. crie : « Qu'est-ce que vous avez ? Qu'est-ce que vous avez à dormir comme ça ? » Je me rendors. Quand je me réveille M. est parti. D. va chercher un thermomètre. J'ai de la fièvre.

Dans la fièvre je la revois. Elle avait fait trois jours de queue avec les autres rue des Saussaies. Elle devait avoir vingt ans. Elle avait un ventre énorme qui lui sortait du corps. Elle était là pour un fusillé, son mari. Elle avait reçu un avis pour venir chercher ses affaires. Elle était venue. Elle avait encore peur. Vingt-deux heures de queue pour venir prendre ses affaires. Elle tremblait malgré la chaleur. Elle parlait, elle parlait sans pouvoir s'arrêter. Elle avait voulu reprendre ses affaires pour les revoir. Oui, elle allait accoucher dans les quinze jours, l'enfant ne connaîtrait pas son père. Dans la queue elle lisait et relisait sa dernière lettre à ses voisines. « Dis à notre enfant que j'ai été courageux. » Elle parlait, elle pleurait, elle ne pouvait rien garder à l'intérieur. Je pense à elle parce qu'elle n'attend plus. Je me demande si je la reconnaîtrais dans la rue, j'ai oublié son

41

visage, je ne revois d'elle que ce ventre énorme qui lui sortait du corps, cette lettre à la main comme si elle voulait la donner. Vingt ans. On lui avait tendu un pliant. Elle avait essayé de s'asseoir, mais elle se relevait, elle ne pouvait se supporter que debout.

Dimanche 22 avril 1945.

D. a dormi là. Cette nuit on n'a encore pas téléphoné. Il faut que j'aille voir Mme Bordes. Je me fais un café très fort, je prends un cachet de corydrane. Les vertiges vont cesser et cette envie de vomir. Ça va aller mieux. C'est dimanche, il n'y a pas de courrier. Je porte un café à D. Il me regarde et il a un sourire très doux : « Merci ma petite Marguerite. » Je crie que non. Mon nom me fait horreur. Après la corydrane, on transpire très fort et la fièvre tombe. Aujourd'hui je ne vais ni au centre ni à l'imprimerie. Il faut acheter le journal. Encore une photo de Belsen, une fosse très longue dans laquelle sont alignés des cadavres, des corps maigres comme encore on n'a jamais vu. « Le cœur de Berlin est à quatre kilomètres du front. » « Le communiqué russe sort de son habituelle discrétion. » M. Pleven fait semblant de gouverner la France, il annonce la remise en ordre des salaires, la revalorisation des produits agricoles. M. Churchill dit : « Nous n'avons plus longtemps à attendre. » La jonction est peut-être pour aujourd'hui entre les Alliés et les Russes. Debru-Bridel s'insurge contre les élections qui vont avoir lieu sans les déportés et les prisonniers de guerre. En deuxième page du *F.N.* on annonce que mille déportés ont été brûlés vif dans une grange le treize avril au matin du côté de Magdebourg. Dans *L'Art et la Guerre*, Frédéric Noël dit : « Les uns s'imaginent que la Révolution artistique résulte de la guerre, en réalité les guerres agissent sur d'autres plans. » Simpson fait vingt mille prisonniers. Monty a rencontré Eisenhower. Berlin brûle : « Staline doit voir de son poste de commandement un merveilleux et terrible spectacle. » Au cours des dernières vingt-quatre heures on a compté vingt-sept alertes à Berlin. Il y a encore des vivants. J'arrive chez Mme Bordes. Le fils est dans l'entrée. La fille pleure sur un divan. La loge est sale et en désordre, sombre. La loge est pleine de pleurs de Mme Bordes, elle ressemble à la France. « Nous voilà bien, dit le fils, elle ne veut plus se lever. » Mme Bordes est couchée, elle me regarde, elle est défigurée par les pleurs. Elle dit : « Eh bien voilà. » Je recommence : « Il n'y a aucune raison de vous mettre dans cet état, le III A n'est pas encore revenu. » Elle frappe du poing sur son lit, elle crie : « Vous m'avez déjà dit ça il y a huit jours. — Je ne l'invente pas, lisez le journal. — Dans le journal, c'est pas clair. » Elle est butée, elle ne veut plus me regarder. Elle dit : « Vous me dites qu'il n'en revient pas, il n'y a que ça dans les rues. » Ils savent que je vais très souvent au ministère de Fresnay, au Service des Recherches. Si je sais m'y prendre Mme Bordes se lèvera de nouveau pendant trois jours. La fatigue. C'est vrai que le III A doit être libéré depuis deux jours. Mme Bordes attend que je lui parle. Là-bas sur les routes, un homme sort d'une colonne. Rafales de mitraillettes. J'ai envie de la laisser mourir. Mais le jeune fils me regarde. Alors on lit la chronique : « Ceux qui reviennent... » et on invente. Je vais acheter du pain, je remonte. D. joue du piano. Il a toujours joué du piano, dans toutes les circonstances de sa vie. Je m'assieds sur le divan. Je n'ose pas lui dire de ne pas jouer du piano. Ça fait mal dans la tête et ça fait revenir la nausée. C'est curieux tout de même, aucune nouvelle à ce point-là. Ils ont autre chose à faire. Des millions d'hommes attendent la consommation de la fin. L'Allemagne est en bouillie. Berlin flambe. Mille villes sont rasées. Des millions de civils fuient : le corps électoral de Hitler est en fuite. À chaque minute cinquante bombardiers partent des terrains d'aviation. Ici on s'occupe des élections municipales. On s'occupe aussi du rapatriement des prisonniers de guerre. On a parlé de mobiliser les voitures civiles et les appartements, mais on n'a pas osé, de crainte de déplaire à ceux qui les possèdent. De Gaulle n'y tient pas. De Gaulle n'a jamais parlé de ses déportés politiques qu'en troisième lieu, après avoir parlé de son Front d'Afrique du Nord. Le trois avril De Gaulle a dit cette phrase criminelle : « Les jours des pleurs sont passés. Les jours de gloire sont revenus. » Nous ne pardonnerons jamais. Il a dit aussi : « Parmi les points de la terre

que le destin a choisis pour y rendre ses arrêts,
Paris fut en tout temps symbolique... Il l'était
lorsque la reddition de Paris en janvier 1871
consacrait le triomphe de l'Allemagne prussienne... Il l'était lors des fameux jours de 1914...
Il l'était encore en 1940. » Il ne parle pas de la
Commune. Il dit que la défaite de 1870 a consa-
cré l'existence de l'Allemagne prussienne. La
Commune, pour De Gaulle, consacre cette pro-
pension vicieuse du peuple à croire à sa propre
existence, à sa force propre. De Gaulle, laudateur
de la droite par définition — il s'adresse à elle
quand il parle, et à elle seule — voudrait saigner
le peuple de sa force vive. Il le voudrait faible et
croyant, il le voudrait gaulliste comme la bour-
geoisie, il le voudrait bourgeois. De Gaulle ne
parle pas des camps de concentration, c'est écla-
tant à quel point il n'en parle pas, à quel point il
répugne manifestement à intégrer la douleur du
peuple dans la victoire, cela de peur d'affaiblir
son rôle à lui, De Gaulle, d'en diminuer la portée.
C'est lui qui exige que les élections municipales se
fassent maintenant. C'est un officier d'active. Autour de moi au bout de trois mois on le juge, on le
rejette pour toujours. On le hait aussi, les
femmes. Plus tard il dira : « La dictature de la
souveraineté populaire comporte des risques que
doit tempérer la responsabilité d'un seul. » Est-ce
qu'il a jamais parlé du danger incalculable de la
responsabilité du chef ? Le Révérend père Panice
a dit à Notre-Dame, à propos du mot révolution :
« Soulèvement populaire, grève générale, barri-

cades..., etc. On ferait un très beau film. Mais y a-t-il là révolution autre que spectaculaire ? Changement vrai ? profond ? durable ? Voyez 1789, 1830, 1848. Après un temps de violences et quelques remous politiques, le peuple se lasse, il lui faut gagner sa vie et reprendre le travail. » Il faut décourager le peuple. Le R.P. Panice dit aussi : « Quand il s'agit de ce qui cadre, l'Église n'hésite pas, elle approuve. » De Gaulle a décrété le deuil national pour la mort de Roosevelt. Pas de deuil national pour les déportés morts. Il faut ménager l'Amérique. La France va être en deuil pour Roosevelt. Le deuil du peuple ne se porte pas.

On n'existe plus à côté de cette attente. Il passe plus d'images dans notre tête qu'il y en a sur les routes d'Allemagne. Des rafales de mitraillette à chaque minute à l'intérieur de la tête. Et on dure, elles ne tuent pas. Fusillé en cours de route. Mort le ventre vide. Sa faim tourne dans la tête pareille à un vautour. Impossible de rien lui donner. On peut toujours tendre du pain dans le vide. On ne sait même pas s'il a encore besoin de pain. On achète du miel, du sucre, des pâtes. On se dit : s'il est mort, je brûlerai tout. Rien ne peut diminuer la brûlure que fait sa faim. On meurt d'un cancer, d'un accident d'automobile, de faim, non, on ne meurt pas de faim, on est achevé avant. Ce que la faim a fait est parachevé par une balle dans le cœur. Je voudrais pouvoir lui donner ma vie. Je ne peux pas lui donner un morceau de pain. Ça ne s'appelle plus penser ça, tout est suspendu.

Mme Bordes et moi, nous en sommes au présent. Nous pouvons prévoir un jour de plus à vivre. Nous ne pouvons plus prévoir trois jours, acheter du beurre ou du pain pour dans trois jours serait quant à nous faire injure au bon plaisir de Dieu. Nous sommes scellées à Dieu, accrochées à quelque chose comme Dieu. « Toutes les conneries me dit D., toutes les idioties, vous les aurez dites... » Mme Bordes aussi. En ce moment il y a des gens qui disent : « Il faut penser l'événement. » D. me dit cela : « Il faudrait essayer de lire. On devrait pouvoir lire quoi qu'il arrive. » On a essayé de lire, on aura tout essayé, mais l'enchaînement des phrases ne se fait plus, pourtant on soupçonne qu'il existe. Mais parfois on croit qu'il n'existe pas, qu'il n'a jamais existé, que la vérité c'est maintenant. Un autre enchaînement nous tient : celui qui relie leur corps à notre vie. Peut-être est-il mort depuis quinze jours déjà, paisible, allongé dans ce fossé noir. Déjà les bêtes lui courent dessus, l'habitent. Une balle dans la nuque ? dans le cœur ? dans les yeux ? Sa bouche blême contre la terre allemande, et moi qui attends toujours parce que ce n'est pas tout à fait sûr, qu'il y en a peut-être pour une seconde encore. Parce que d'une seconde à l'autre seconde il va peut-être mourir, mais que ce n'est pas encore fait. Ainsi seconde après seconde la vie nous quitte nous aussi, toutes les chances se perdent, et aussi bien la vie nous revient, toutes les chances se retrouvent. Peut-être est-il dans la colonne, peut-être avance-t-il courbé, pas à pas, peut-être qu'il ne va pas faire le second pas tellement il est fatigué ? Peut-être que ce prochain pas, il n'a pas pu le faire il y a de cela quinze jours ? Six mois ? Une heure ? Une seconde ? Il n'y a plus la place en moi pour la première ligne des livres qui sont écrits. Tous les livres sont en retard sur Mme Bordes et moi. Nous sommes à la pointe d'un combat sans nom, sans armes, sans sang versé, sans gloire, à la pointe de l'attente. Derrière nous s'étale la civilisation en cendres, et toute la pensée, celle depuis des siècles amassée. Mme Bordes se refuse à toute hypothèse. Dans la tête de Mme Bordes comme dans la mienne ce qui survient ce sont des bouleversements sans objet, des arrachements d'on ne sait quoi, des écrasements idem, des distances qui se créent comme vers des issues, et puis qui se suppriment, se réduisent jusqu'à presque mourir, ce n'est que souffrances partout, saignements et cris, c'est pourquoi la pensée est empêchée de se faire, elle ne participe pas au chaos mais elle est constamment supplantée par ce chaos, sans moyens, face à lui.

Avril — Dimanche.

Toujours sur le divan près du téléphone. Aujourd'hui, oui, Berlin sera pris. On nous l'annonce tous les jours, mais aujourd'hui ce sera vraiment la fin. Les journaux disent comment nous l'apprendrons : par les sirènes qui sonneront une dernière fois. La dernière fois de la guerre. Je ne vais plus au centre, je n'irai plus. Il en arrive au Lutetia, il en arrive gare de l'Est. Gare du Nord. C'est fini. Non seulement je n'irai plus au centre, mais je ne bougerai plus. Je le crois, mais hier aussi je le croyais, et à dix heures du soir je suis sortie, j'ai pris le métro, je suis allée sonner chez D. Il m'a ouvert. Il m'a prise dans ses bras : « Rien de nouveau depuis tout à l'heure ? — Rien. Je n'en peux plus. » Je suis repartie. Je n'ai même pas voulu entrer dans sa chambre, j'avais seulement envie de voir D. pour vérifier qu'il n'y avait aucun signe particulier sur son visage, aucun mensonge sur la mort. Sur le coup de dix heures, tout à coup, chez moi, la peur était rentrée. La peur de tout. Je m'étais retrouvée dehors. Tout à coup j'avais relevé la tête et l'appartement avait changé, la clarté de la lampe aussi, jaune tout à coup. Et tout à coup la certitude, la certitude en rafale : il est mort. Mort. Mort. Le vingt et un avril, mort le vingt et un avril. Je m'étais levée et j'étais allée au milieu de la chambre. C'était arrivé en une seconde. Plus de battement aux tempes. Ce n'est plus ça. Mon visage se défait, il change. Je me défais, je me déplie, je change. Il n'y a personne dans la chambre où je suis. Je ne sens plus mon cœur. L'horreur monte lentement dans une inondation, je me noie. Je n'attends plus tellement j'ai peur. C'est fini, c'est fini ? Où es-tu ? Comment savoir ? Je ne sais pas où il se trouve. Je ne sais plus non plus où je suis. Je ne sais pas où nous nous trouvons. Quel est le nom de cet endroit-ci ?

Qu'est-ce que c'est que cet endroit? Qu'est-ce que c'est que toute cette histoire? De quoi s'agit-il? Qui c'est ça, Robert L.? Plus de douleur. Je suis sur le point de comprendre qu'il n'y a plus rien de commun entre cet homme et moi. Autant en attendre un autre. Je n'existe plus. Alors du moment que je n'existe plus, pourquoi attendre Robert L.? Autant en attendre un autre si ça fait plaisir d'attendre? Plus rien de commun entre cet homme et elle. Qui est ce Robert L.? A-t-il jamais existé? Qu'est-ce qui fait ce Robert L., quoi? Qu'est-ce qui fait qu'il soit attendu, lui et pas un autre. Qu'est-ce qu'elle attend en vérité? Quelle autre attente attend-elle? À quoi joue-t-elle depuis quinze jours qu'elle se monte la tête avec cette attente-là? Que se passe-t-il dans cette chambre? Qui est-elle? Qui elle est, D. le sait. Où est D.? Elle le sait, elle peut le voir et lui demander des explications. Il faut que je le voie parce qu'il y a quelque chose de nouveau qui est arrivé. Je suis allée le voir. En apparence rien n'était arrivé.

Mardi 24 avril.
Le téléphone sonne. Je me réveille dans le noir. J'allume. Je vois le réveil : cinq heures et demie. La nuit. J'entends : « Allô?... quoi? » C'est D. qui a dormi à côté. J'entends : « Quoi, qu'est-ce que vous dites? Oui, c'est ici, oui, Robert L. » Silence. Je suis près de D. qui tient le téléphone. J'essaye d'arracher l'écouteur. Ça dure. D. ne lâche pas.

50

« Quelles nouvelles? » Silence. On parle de l'autre côté de Paris. J'essaye d'arracher le téléphone, c'est dur, c'est impossible. « Et alors? Des camarades? » D. lâche le téléphone et il me dit : « Ce sont des camarades de Robert qui sont arrivés au Gaumont. » Elle hurle : « Ce n'est pas vrai. » D. a repris l'appareil. « Et Robert? » Elle essaye d'arracher. D. ne dit rien, il écoute, l'appareil est à lui. « Vous ne savez rien de plus? » D. se tourne vers elle : « Ils l'ont quitté il y a deux jours, il était vivant. » Elle n'essaye plus d'arracher le téléphone. Elle est par terre, tombée. Quelque chose a crevé avec les mots disant qu'il était vivant il y a deux jours. Elle laisse faire. Ça crève, ça sort par la bouche, par le nez, par les yeux. Il faut que ça sorte. D. a posé l'appareil. Il dit son nom à elle : « Ma petite, ma petite Marguerite. » Il ne s'approche pas, il ne la relève pas, il sait qu'elle est intouchable. Elle est occupée. Laissez-la tranquille. Ça sort en eau de partout. Vivant. Vivant. On dit : « Ma petite, ma petite Marguerite. » Il y a deux jours, vivant comme vous et moi. Elle dit : « Laissez-moi, laissez-moi. » Ça sort aussi en plaintes, en cris. Ça sort de toutes les façons que ça veut. Ça sort. Elle laisse faire. D. dit : « Il faut y aller, ils sont au Gaumont, ils nous attendent, mais faisons-nous un café avant d'y aller. » D. a dit ça pour qu'elle prenne un café. D. rit. Il ne cesse pas de parler : « Ah! c'est un sacré bonhomme... comment a-t-on pu penser qu'ils l'auraient... mais c'est un malin Robert... il se sera caché au dernier moment... nous croyions qu'il n'était pas débrouillard à cause de son air. » D. est dans la salle de bains. Il a dit : « à cause de son air ». Elle est contre le placard de la cuisine appuyée. C'est vrai, il n'a pas l'air de tout le monde. Il était distrait. Il n'avait jamais l'air de rien voir, toujours en allé au cœur de l'absolue bonté. Elle se tient toujours contre le placard de la cuisine. Toujours en allé au cœur de l'absolue douleur de la pensée. Elle fait le café. D. répète : « Dans deux jours on le verra arriver. » Le café est prêt. Le goût du café chaud : Il vit. Je m'habille très vite. J'ai pris un cachet de corydrane. Toujours de la fièvre, je suis en nage. Les rues sont vides. D. marche vite. On arrive au Gaumont transformé en centre de transit. Comme convenu, on demande Hélène D. Elle vient, elle rit. J'ai froid. Où sont-ils ? À l'hôtel. Elle nous conduit.

L'hôtel. Tout est allumé. Il y a un va-et-vient de gens, d'hommes en costumes rayés de déportés et d'assistantes en blouses blanches. Il en arrive toute la nuit. Voilà la chambre, l'assistante s'en va. Je dis à D. : « Frappez. » Le cœur fait des bonds, je ne vais pas pouvoir entrer. D. frappe. Je rentre avec lui. Il y a deux personnes au pied d'un lit, un homme et une femme. Ils ne disent rien. Ce sont des parents. Dans le lit il y a deux déportés. L'un d'eux dort, il a peut-être vingt ans. L'autre me sourit. Je demande : « C'est vous Perrotti ? — C'est moi. — Je suis la femme de Robert L. — On l'a quitté il y a deux jours. — Comment était-il ? » Perrotti regarde D. : « Il y en avait de beaucoup

plus fatigués. » Le jeune s'est réveillé : « Robert
L. ? Ah, oui, on devait s'évader avec lui. » Je me
suis assise près du lit. Je demande : « Ils fusillaient ? » Les deux jeunes gens se regardent, ils ne
répondent pas tout de suite. « C'est-à-dire... ils
avaient cessé de fusiller. » D. prend la parole :
« C'est sûr ? » C'est Perrotti qui répond. « Le jour
où l'on est partis, ça faisait deux jours qu'ils
avaient cessé de fusiller. » Les deux déportés
parlent entre eux. Le jeune demande : « Comment le sais-tu ? — C'est le kapo russe qui me l'a
dit. » Moi : « Qu'est-ce qu'il vous a dit ? — Il m'a
dit qu'ils avaient reçu l'ordre de ne plus fusiller. »
Le jeune : « Il y avait des jours où ils fusillaient et
puis d'autres non. » Perrotti me regarde, il
regarde D., il sourit : « On est bien fatigués, il
faut nous excuser. » D. a les yeux fixés sur Perrotti : « Comment se fait-il qu'il ne soit pas avec
vous ? — On l'a cherché ensemble au départ du
train, mais on ne l'a pas trouvé. — Pourtant on a
bien cherché. — Comment se fait-il que vous ne
l'ayez pas trouvé ? — Il faisait noir, dit Perrotti,
puis on était encore nombreux malgré tout. —
Vous l'avez bien cherché ? — C'est-à-dire... » Ils
se regardent. « Ah, oui, dit le jeune, pour ça... on
l'a même appelé, même que c'était dangereux. —
C'est un bon camarade, dit Perrotti, on l'a cherché, il faisait des conférences sur la France. — Il
parlait, fallait voir, il charmait son auditoire... »
Moi : « Si vous ne l'avez pas trouvé, c'est qu'il n'y
était plus ? C'est qu'il avait été fusillé ? » D. arrive
près du lit, il a des gestes brusques, il est en

colère, il se contient, il est presque aussi pâle que Perrotti. « Quand l'avez-vous vu pour la dernière fois ? » Les deux se regardent. J'entends la voix de la femme : « Ils sont fatigués. » C'est comme si on interrogeait des coupables, on ne leur laisse pas une seconde de répit. « Moi en tout cas, je l'ai vu, dit le jeune, j'en suis sûr. » Il regarde dans le vague et il répète qu'il en est sûr, mais il n'est sûr de rien. Rien ne fera taire D. « Essayez de vous rappeler, quand l'avez-vous vu pour la dernière fois. — Je l'ai vu dans la colonne, tu ne te souviens pas ? Sur la droite ? Il faisait encore jour... c'était une heure avant d'arriver à la gare. » Le jeune : « Ce qu'on pouvait être crevé... moi en tout cas, je l'ai vu après son évasion, j'en suis sûr puisqu'on s'était même entendus pour partir de là, de la gare. — Quoi ? son évasion ? — Oui, il a essayé de s'évader, mais on l'a repris... — Quoi ? on ne fusillait pas ceux qui s'évadaient ? Vous ne dites pas la vérité. » Perrotti ne sait plus raconter, rien, il a la mémoire en miettes, il se décourage. « Puisqu'on vous dit qu'il reviendra. » À ce moment-là D. intervient violemment. Il me dit de me taire, puis il recommence : « Quand s'est-il évadé ? » Ils se regardent. « C'était la veille ? — Je crois bien. » D. demande, il supplie : « Faites un effort, nous nous excusons... mais essayez de vous rappeler. » Perrotti sourit. « Je comprends bien mais on est fatigués à un point... » Ils se taisent un instant. Silence total. Puis le jeune : « Moi je suis sûr que je l'ai vu après qu'il se soit évadé, je l'ai vu dans la colonne, maintenant j'en suis sûr. » Perrotti : « Quand ? Comment ? — Avec Girard, sur la droite, j'en suis sûr. » Je répète : « Comment savez-vous qu'ils fusillaient ? » Perrotti : « Il n'y a pas de crainte à avoir, on l'aurait su, on le savait toujours, les S.S. fusillaient à l'arrière de la colonne, puis les copains se le répétaient jusqu'à la tête de la colonne. » D. : « Ce qu'on voudrait savoir, c'est pourquoi vous ne l'avez pas trouvé. — Il faisait noir », recommence Perrotti. « Peut-être qu'il s'est évadé une deuxième fois », dit le jeune. « En tout cas vous l'avez vu après sa pre-mière évasion. — Sûr, dit Perrotti, tout ce qu'il y a de sûr. — Qu'est-ce qu'on lui a fait ? — Eh bien, il a été rossé... Philippe, il vous dira ça mieux que moi, c'était son camarade. » Moi : « Comment se fait-il qu'ils ne l'ont pas fusillé ? — Les Américains étaient si près, ils n'avaient plus le temps. — Et puis ça dépendait », dit le jeune. Moi : « Vous vous étiez entendus avant l'évasion pour vous évader ensemble à la gare ? » Silence, ils se regardent. « Vous comprenez, dit D., si vous lui aviez parlé après, ce serait une certitude de plus. » Non, ils ne savent plus, de cela ils ne peuvent plus se souvenir. Ils se souviennent de certains mouvements de la colonne, de certains gestes des camarades quand ils se jetaient dans les fossés pour se cacher, des Américains qui étaient partout, ils se souviennent aussi. Mais du reste non, ils ne se souviennent plus.

Commence une autre période de supplice. L'Allemagne est en flammes. Il est à l'intérieur de l'Allemagne. Ce n'est pas tout à fait sûr, pas tout à fait. Mais on peut dire ça : s'il n'a pas été fusillé, s'il est resté dans la colonne, il est dans l'incendie de l'Allemagne.

24 avril.

Il est onze heures et demie du matin. Le téléphone qui sonne. Je suis seule, c'est moi qui réponds. C'est François Mitterrand, dit Morland. « Philippe est arrivé, il a vu Robert il y a huit jours. Il allait bien. » J'explique : « J'ai vu Perrotti, il paraît que Robert s'est évadé, qu'il a été rattrapé. Que sait Philippe ? » François : « C'est vrai, il a essayé de s'évader, il a été repris par des enfants. » Moi : « Quand l'a-t-il vu pour la dernière fois ? » Silence. François : « Ils s'étaient évadés ensemble, Philippe était assez loin, les Allemands ne l'ont pas vu. Robert était sur le bord de la route, il a été battu. Philippe a attendu, il n'a pas entendu de coup de feu. » Silence. « C'est sûr ? — C'est sûr. — C'est peu. Il ne l'a pas revu ensuite ? » Silence. « Non, puisque Philippe n'était plus là, il s'était évadé. — C'était quand ? — C'était le treize. » Je sais que tous ces calculs ont été faits par François Morland, qu'il n'a pas fait la moindre erreur. « Quoi penser ? — Pas question, dit François, il doit revenir. » Moi : « Est-ce qu'ils fusillaient dans la colonne ? » Silence. « Ça dépendait. Venez à l'imprimerie. » « Non, je suis fatiguée. Que pense Philippe ? » Silence. « Pas de question, il doit être ici dans quarante-huit heures. » Moi : « Comment est Philippe ? — Très fatigué, il dit que Robert tenait encore, qu'il était mieux que lui. — Sait-il quelque chose sur la destination du convoi ? — Non, aucune idée. » Moi : « Vous ne me racontez pas d'histoire ? — Non. Venez à l'imprimerie. — Non, je n'irai pas. Dites-moi : et s'il n'est pas là dans quarante-huit heures ? — Qu'est-ce que vous voulez que je vous réponde ? — Pourquoi vous avez dit ce chiffre, quarante-huit heures ? — Parce que d'après Philippe ils ont été libérés entre le quatorze et le vingt-cinq. Ce n'est plus possible autrement. »

Perrotti évadé le douze, revenu le vingt-quatre. Philippe évadé le treize, revenu le vingt-quatre. Il faut compter de dix à douze jours. Robert devrait être là demain ou après-demain, peut-être demain.

Jeudi 26 avril.

D. a appelé le docteur, la fièvre continue. Mme Kats, la mère de Jeanine Kats mon amie, est venue habiter chez moi, en attendant sa fille déportée à Ravensbrück avec Marie-Louise, la sœur de Robert. Riby a téléphoné, il a demandé Robert. Il était dans la colonne, il s'est évadé avant Perrotti, il est rentré avant lui.

Vendredi 27 avril.

Rien. Ni dans la nuit ni dans le jour. D. m'apporte *Combat*. En dernière minute, les Russes ont pris une station de métro à Berlin.

Mais les canons de Joukov continuent à entourer et à pilonner les ruines de Berlin de quatre-vingts mètres en quatre-vingts mètres. Stettin et Brno sont pris. Les Américains sont sur le Danube. Toute l'Allemagne est entre les mains des Américains. C'est difficile d'occuper un pays. Que peuvent-ils en faire ? Je suis devenue comme Mme Bordes, je ne me lève plus. C'est Mme Kats qui fait les courses, la cuisine. Elle a le cœur malade. Elle a acheté du lait américain pour moi. Si j'étais vraiment malade, je crois que Mme Kats penserait moins à sa fille. Sa fille est infirme, elle avait une jambe raide à la suite d'une tuberculose osseuse, elle était juive. J'ai appris au centre qu'ils tuaient les infirmes. Pour les juifs on commence à savoir. Mme Kats a attendu six mois, d'avril à novembre 1945. Sa fille était morte en mars 1945, on lui a notifié la mort en novembre 1945, il a fallu neuf mois pour retrouver le nom. Je ne lui parle pas de Robert L. Elle a donné le signalement de sa fille partout, dans les centres, à toutes les frontières, à toute sa famille, on ne sait jamais. Elle a acheté cinquante boîtes de lait américain, vingt kilos de sucre, dix kilos de confiture, du calcium, du phosphate, de l'alcool, de l'eau de Cologne, du riz, des pommes de terre. Mme Kats dit mot pour mot : « Tout son linge est lavé, racommodé, repassé. J'ai fait doubler son manteau noir, j'ai fait remettre des poches. J'avais tout mis dans une grande malle avec de la naphtaline, j'ai tout mis à l'air, tout est prêt. J'ai fait remettre des fers à ses souliers et j'ai mis un point à ses bas. Je crois que je n'ai rien oublié. » Mme Kats défie Dieu.

27 avril.

Rien. Le trou noir. Aucune lumière ne se fait. Je reconstitue la chaîne des jours, mais il y a un vide, un gouffre entre le moment où Philippe n'a pas entendu de coup de feu et la gare où personne n'a vu Robert L. Je me lève. Mme Kats est partie chez son fils. Je me suis habillée, assise près du téléphone. D. arrive. Il exige que j'aille manger au restaurant avec lui. Le restaurant est plein. Les gens parlent de la fin de la guerre. Je n'ai pas faim. Tout le monde parle des atrocités allemandes. Je n'ai plus jamais faim. Je suis écœurée de ce que mangent les autres. Je veux mourir. Je suis coupée du reste du monde avec un rasoir, même de D. Le calcul infernal : si je n'ai pas de nouvelles ce soir, il est mort. D. me regarde. Il peut bien me regarder, il est mort. J'aurai beau le dire, D. ne me croira pas. *La Pravda* écrit : « La douzième heure a sonné pour l'Allemagne. Le cercle de feu et de fer se resserre autour de Berlin. » C'est fini. Il ne sera pas là pour la paix. Les partisans italiens ont capturé Mussolini à Faenza. Toute l'Italie du Nord est aux mains des partisans. Mussolini capturé, on ne sait rien d'autre. Thorez parle de l'avenir, il dit qu'il faudra travailler. J'ai gardé tous les journaux pour Robert L. S'il revient je mangerai avec lui. Avant, non. Je pense à la mère allemande du petit soldat de seize ans qui agonisait le dix-sept août 1944, seul, couché sur un tas de pierres sur le quai des Arts, elle, elle attend encore son fils. Maintenant que De Gaulle est au pouvoir, qu'il est devenu celui qui a sauvé notre honneur pendant quatre ans, qu'il est en plein jour, avare de compliments envers le peuple, il a quelque chose d'effrayant, d'atroce. Il dit : « Tant que je serai là, la maison marchera. » De Gaulle n'attend plus rien, que la paix, il n'y a que nous qui attendions encore, d'une attente de tous les temps, de celle des femmes de tous les temps, de tous les lieux du monde : celle des hommes au retour de la guerre. Nous sommes de ce côté du monde où les morts s'entassent dans un inextricable charnier. C'est en Europe que ça se passe. C'est là qu'on brûle les juifs, des millions. C'est là qu'on les pleure. L'Amérique étonnée regarde fumer les créma-toires géants de l'Europe. Je suis forcée de penser à cette vieille femme aux cheveux gris qui atten-dra, dolente, des nouvelles de ce fils si seul dans la mort, seize ans, sur le quai des Arts. Le mien, quelqu'un l'aura peut-être vu, comme j'ai vu celui-là, dans un fossé, alors que ses mains appe-laient pour la dernière fois et que ses yeux ne voyaient plus. Quelqu'un qui ne saura jamais qui c'était pour moi que cet homme-là, et dont jamais je ne saurai qui il est. Nous appartenons à l'Europe, c'est là que ça se passe, en Europe, que nous sommes enfermés ensemble face au reste du monde. Autour de nous les mêmes océans, les mêmes invasions, les mêmes guerres. Nous sommes de la race de ceux qui sont brûlés dans les crématoires et des gazés de Maïdanek, nous sommes aussi de la race des nazis. Fonction égalitaire des crématoires de Buchenwald, de la faim, des fosses communes de Bergen-Belsen, dans ces fosses nous avons notre part, ces squelettes si extraordinairement identiques, ce sont ceux d'une famille européenne. Ce n'est pas dans une île de la Sonde, ni dans une contrée du Pacifique que ces événements ont eu lieu, c'est sur notre terre, celle de l'Europe. Les quatre cent mille squelettes des communistes allemands qui sont morts à Dora de 1933 à 1938 sont aussi dans la grande fosse commune européenne, avec les millions de juifs et la pensée de Dieu, avec à chaque juif, la pensée de Dieu, chaque juif. Les Américains disent : « Il n'y a pas en ce moment un seul Américain, fût-il coiffeur à Chicago, fût-il paysan du Kentucky qui ignore ce qui s'est passé dans les camps de concentration en Allemagne. » Les Américains veulent illustrer à nos yeux l'admirable mécanique de la machine de guerre américaine, ils entendent par là le rassurement du paysan et du coiffeur qui n'étaient pas sûrs au départ des raisons pour lesquelles on leur a pris leurs fils pour se battre sur le front européen. Quand on leur apprendra l'exécution de Mussolini pendu aux crochets d'une boucherie, les Américains seront arrêtés de comprendre, ils seront choqués.

28 avril.

Ceux qui attendent la paix n'attendent pas, rien. Il y a de moins en moins de raisons de ne pas avoir de nouvelles. La paix apparaît déjà. C'est comme une nuit profonde qui viendrait, c'est aussi le commencement de l'oubli. La preuve en est là déjà : Paris est éclairé la nuit. La place Saint-Germain-des-Prés est éclairée comme par des phares. Les Deux Magots sont bondés. Il fait encore trop froid pour qu'il y ait du monde sur la terrasse. Mais les petits restaurants sont bondés aussi. Je suis sortie, la paix m'est apparue imminente. Je suis rentrée chez moi rapidement, poursuivie par la paix. J'ai entrevu qu'un avenir possible allait venir, qu'une terre étrangère allait émerger de ce chaos et que là personne n'attendrait plus. Je n'ai de place nulle part ici, je ne suis pas ici, mais là-bas avec lui, dans cette zone inaccessible aux autres, inconnaissable aux autres, là où ça brûle et où on tue. Je suis suspendue à un fil, la dernière des probabilités, celle qui n'aura pas de place dans les journaux. La ville éclairée a perdu pour moi toute autre signification, que celle-ci : elle est signe de mort, signe de demain sans eux. Il n'y a plus rien d'actuel dans cette ville que pour nous qui attendons. Pour nous elle est celle qu'ils ne verront pas. Tout le monde s'impatiente de voir la paix tant tarder à venir. Qu'attendent-ils pour signer la paix ? On entend cette phrase partout. La menace est plus grande chaque jour. Aujourd'hui on apprend que Hitler est mourant. C'est Himmler qui l'a dit à la radio allemande dans un dernier appel, en même temps qu'il adressait aux Alliés une demande de capitulation. Berlin brûle, défendu seulement par « les trente bataillons du suicide » et dans Berlin Hitler se serait tiré une balle de revolver dans la tête. Hitler serait mort, mais la nouvelle n'est pas certaine.

28 avril.

Le monde entier attend. Himmler déclare dans son message « que Hitler est mourant et qu'il ne survivra pas à l'annonce de la reddition sans conditions ». Celle-ci serait pour lui un choc mortel. Les U.S.A. et l'Angleterre ont répondu qu'ils n'acceptaient la reddition qu'en solidarité avec l'U.R.S.S. C'est à la conférence de San Francisco que Himmler a envoyé l'offre de capitulation. En dernière minute *Combat* annonce que l'offre de capitulation aurait été faite en s'adressant aussi à la Russie. Les staliniens ne veulent pas livrer Mussolini aux Alliés. C'est de la main du peuple, disent les journaux, que Mussolini devra expier. Farinacci a été jugé par un tribunal populaire, il a été exécuté sur la place d'une grande ville en présence d'une foule considérable. À San Francisco, heures difficiles pour l'Europe, elle est en minorité. C'est Stettinius qui préside. *Combat* écrit : « Devant le spectacle que donnent les Grands, les petites puissances relèvent la tête. » On parle déjà de l'après paix.

Ils sont très nombreux, les morts sont vraiment

très nombreux. Sept millions de juifs ont été exterminés, transportés en fourgons à bestiaux, et puis gazés dans les chambres à gaz faites à cet effet et puis brûlés dans les fours crématoires faits à cet effet. On ne parle pas encore des juifs à Paris. Leurs nouveau-nés ont été confiés au corps des FEMMES PRÉPOSÉES À L'ÉTRANGLEMENT DES ENFANTS JUIFS expertes en l'art de tuer à partir d'une pression sur les carotides. Dans un sourire, c'est sans douleur, elles disent. Ce nouveau visage de la mort organisée, rationalisée, découvert en Allemagne déconcerte avant que d'indigner. On est étonné. Comment être encore Allemand ? On cherche des équivalences ailleurs, dans d'autres temps. Il n'y a rien. D'aucuns resteront éblouis, inguérissables. Une des plus grandes nations civilisées du monde, la capitale de la musique de tous les temps vient d'assassiner onze millions d'êtres humains à la façon méthodique, parfaite, d'une industrie d'état. Le monde entier regarde la montagne, la masse de mort donnée par la créature de Dieu à son prochain. On cite le nom de tel littérateur allemand qui a été affecté et qui est devenu très sombre et à qui ces choses ont donné à penser. Si ce crime nazi n'est pas élargi à l'échelle du monde entier, s'il n'est pas entendu à l'échelle collective, l'homme concentrationnaire de Belsen qui est mort seul avec une âme collective et une conscience de classe, celle-là même avec laquelle il a fait sauter le boulon du rail, une certaine nuit, à un certain endroit de l'Europe, sans chef, sans uniforme, sans témoin, a été trahi. Si l'on fait un sort allemand à l'horreur nazie, et non pas un sort collectif, on réduira l'homme de Belsen aux dimensions du ressortissant régional. La seule réponse à faire à ce crime est d'en faire un crime de tous. De le partager. De même que l'idée d'égalité, de fraternité. Pour le supporter, pour en tolérer l'idée, partager le crime.

Je ne sais plus quel jour c'était, si c'était encore un jour d'avril, non c'était un jour de mai, un matin à onze heures le téléphone a sonné. Ça venait d'Allemagne, c'était François Morland. Il ne dit pas bonjour, il est presque brutal, clair comme toujours. « Écoutez-moi bien. Robert est vivant. Calmez-vous. Oui. Il est à Dachau. Écoutez encore de toutes vos forces. Robert est très faible, à un point que vous ne pouvez pas imaginer. Je dois vous le dire : c'est une question d'heures. Il peut vivre encore trois jours, mais pas plus. Il faut que D. et Beauchamp partent aujourd'hui même, ce matin même pour Dachau. Dites-leur ceci : qu'ils aillent tout de suite à mon cabinet, ils sont au courant, ils auront les uniformes d'officiers français, les passeports, les ordres de mission, les bons d'essence, les cartes d'état-major, les laissez-passer. Qu'ils y aillent séance tenante. Il n'y a plus que ça à faire. Par les voies officielles ils arriveraient trop tard. »

François Morland et Rodin avaient fait partie d'une mission organisée par le père Riquet, ils étaient allés à Dachau et c'est là qu'ils avaient trouvé Robert L. Ils avaient pénétré dans la partie interdite du camp où on entreposait les morts et les cas désespérés. Et c'est là qu'un de ceux-ci avait clairement prononcé un prénom : « François ». François, et puis les yeux s'étaient refermés. Rodin et Morland avaient mis une heure avant de reconnaître Robert L. C'était Rodin qui finalement l'avait reconnu à cause de sa denture. Ils l'avaient enroulé dans un drap comme on fait pour les morts, et ils l'avaient sorti de la partie interdite du camp, ils l'avaient déposé le long d'un baraquement dans la partie du camp où se trouvaient les survivants. Il n'y avait pas de soldats américains dans le camp, c'était pour ça qu'ils avaient pu le faire, ils étaient tous au poste de garde, épouvantés par le typhus.

Beauchamp et D. sont partis de Paris le jour même, au début de l'après-midi. C'était le 12 mai, le jour de la Paix. Beauchamp portait l'uniforme de colonel de François Morland. D. était en lieutenant français, il avait ses papiers de résistant au nom de D. Masse. Ils ont roulé toute la nuit, ils sont arrivés à Dachau le lendemain matin. Ils ont cherché Robert L. pendant plusieurs heures, puis en passant près d'un corps ils avaient entendu prononcer le prénom de D. Moi je crois qu'ils ne l'ont pas reconnu, mais Morland avait prévenu qu'il n'était pas reconnaissable. Ils l'ont pris. Et c'est après qu'ils ont dû le reconnaître. Ils avaient sous leurs vêtements une troisième tenue d'officier français. Il a fallu le faire tenir droit, il ne pouvait plus le faire seul, mais ils ont réussi à l'habiller. Il a fallu l'empêcher de saluer devant les baraquements des S.S., le faire passer les postes de garde, lui éviter les vaccinations qui l'auraient tué. Les soldats américains, Noirs pour la plupart, portaient des masques à gaz contre le typhus. L'épouvante en était là. Les ordres étaient tels que s'ils avaient soupçonné le véritable état de Robert L., ils l'auraient immédiatement remis dans le mouroir du camp. Une fois Robert L. sorti, il a fallu le faire marcher jusqu'à la « 11 légère ». Une fois qu'ils l'ont allongé sur la banquette arrière Robert L. a eu une syncope. Ils ont cru que c'était fini, mais non. Le voyage a été très dur, très long. Il fallait s'arrêter toutes les demi-heures à cause de la dysenterie. Dès qu'ils se sont éloignés de Dachau, Robert L. a parlé. Il a dit qu'il savait qu'il n'arriverait pas à Paris vivant. Alors il a commencé à raconter pour que ce soit dit avant sa mort. Robert L. n'a accusé personne, aucune race, aucun peuple, il a accusé l'homme. Au sortir de l'horreur, mourant, délirant, Robert L. avait encore cette faculté de n'accuser personne, sauf les gouvernements qui sont de passage dans l'histoire des peuples. Il voulait que D. et Beauchamp me racontent après sa mort ce qu'il avait dit. Ils ont atteint la frontière française le soir même, c'était du côté de Wissembourg. D. m'a téléphoné : « On a atteint la France. On vient de passer la frontière. On sera là demain à la fin de la matinée. Attendez-vous au pire : vous ne le reconnaîtrez pas. » Ils ont dîné dans un mess d'officiers. Robert parlait et racontait toujours.

Quand il était entré dans le mess, tous les officiers s'étaient levés et avaient salué Robert L. Robert L. n'avait pas vu. Ces choses-là, il ne les avait jamais vues. Il parlait du martyre allemand, de ce martyre commun à tous les hommes. Il racontait. Ce soir-là il a dit qu'il voulait manger une truite avant de mourir. Dans Wissembourg vidé, on a trouvé une truite pour Robert L. Il en a mangé quelques bouchées. Puis il a recommencé à parler. Il a parlé de la charité. Il avait entendu quelques périodes du Révérend père Riquet, et il a commencé à dire cette phrase très obscure : « Quand on me parlera de charité chrétienne, je dirai Dachau. » Il ne l'a pas terminée. Cette nuit-là ils ont dormi du côté de Bar-sur-Aube. Robert L. a dormi quelques heures. Ils ont atteint Paris à la fin de la matinée. Juste avant de venir rue Saint-Benoit, D. s'est arrêté pour me téléphoner encore. « Je vous téléphone pour vous prévenir que c'est plus terrible que tout ce qu'on a imaginé. Il est heureux. »

J'ai entendu des cris retenus dans l'escalier, un remue-ménage, un piétinement. Puis des claquements de portes et des cris. C'était ça. C'était eux qui revenaient d'Allemagne.

Je n'ai pas pu l'éviter. Je suis descendue pour me sauver dans la rue. Beauchamp et D. le soutenaient par les aisselles. Ils étaient arrêtés au palier du premier étage. Il avait les yeux levés.

Je ne sais plus exactement. Il a dû me regarder et me reconnaître et sourire. J'ai hurlé que non, que je ne voulais pas voir. Je suis repartie, j'ai remonté l'escalier. Je hurlais, de cela je me souviens. La guerre sortait dans des hurlements. Six années sans crier. Je me suis retrouvée chez des voisins. Ils me forçaient à boire du rhum, ils me le versaient dans la bouche. Dans les cris.

Je ne sais plus quand je me suis retrouvée devant lui, lui, Robert L. Je me souviens des sanglots partout dans la maison, que les locataires sont restés longtemps dans l'escalier, que les portes étaient ouvertes. On m'a dit après que la concierge avait décoré l'entrée pour l'accueillir et que dès qu'il était passé, elle avait tout arraché et qu'elle, elle s'était enfermée dans sa loge, farouche, pour pleurer.

Dans mon souvenir, à un moment donné, les bruits s'éteignent et je le vois. Immense. Devant moi. Je ne le reconnais pas. Il me regarde. Il sourit. Il se laisse regarder. Une fatigue surnaturelle se montre dans son sourire, celle d'être arrivé à vivre jusqu'à ce moment-ci. C'est à ce sourire que tout à coup je le reconnais, mais de très loin, comme si je le voyais au fond d'un tunnel. C'est un sourire de confusion. Il s'excuse d'en être là, réduit à ce déchet. Et puis le sourire s'évanouit. Et il redevient un inconnu. Mais la connaissance est là, que cet inconnu c'est lui, Robert L., dans sa totalité.

Il avait voulu revoir la maison. On l'avait soutenu et il avait fait le tour des chambres. Ses joues se plissaient mais elles ne se décollaient pas des mâchoires, c'était dans ses yeux qu'on avait vu son sourire. Quand il était passé dans la cuisine, il avait vu le clafoutis qu'on lui avait fait. Il a cessé de sourire : « Qu'est-ce que c'est ? » On le lui avait dit. À quoi il était ? Aux cerises, c'était la pleine saison. « Je peux en manger ? — Nous ne le savons pas, c'est le docteur qui le dira. » Il était revenu au salon, il s'était allongé sur le divan. « Alors je ne peux pas en manger ? — Pas encore. — Pourquoi ? — Parce qu'il y a déjà eu des accidents dans Paris à trop vite faire manger les déportés au retour des camps. »

Il avait cessé de poser des questions sur ce qui s'était passé pendant son absence. Il avait cessé de nous voir. Son visage s'était recouvert d'une douleur intense et muette parce que la nourriture lui était encore refusée, que ça continuait comme au camp de concentration. Et comme au camp, il avait accepté en silence. Il n'avait pas vu qu'on pleurait. Il n'avait pas vu non plus qu'on pouvait à peine le regarder, à peine lui répondre.

Le docteur est arrivé. Il s'est arrêté net, la main sur la poignée, très pâle. Il nous a regardés puis il a regardé la forme sur le divan. Il ne comprenait pas. Et puis il a compris : cette forme n'était pas encore morte, elle flottait entre la vie et la mort et on l'avait appelé, lui, le docteur, pour qu'il essaye de la faire vivre encore. Le docteur est entré. Il est allé jusqu'à la forme et la forme lui a souri. Ce docteur viendra plusieurs fois par jour pendant trois semaines, à toute heure du jour et de la nuit. Dès que la peur était trop grande, on l'appelait, il venait. Il a sauvé Robert L. Il a été lui aussi emporté par la passion de sauver Robert L. de la mort. Il a réussi.

Nous avons sorti le clafoutis de la maison pendant qu'il dormait. Le lendemain la fièvre était là, il n'a plus parlé d'aucune nourriture.

S'il avait mangé dès le retour du camp, son estomac se serait déchiré sous le poids de la nourriture, ou bien le poids de celle-ci aurait appuyé sur le cœur qui lui, au contraire, dans la caverne de sa maigreur était devenu énorme : il battait si vite qu'on n'aurait pas pu compter ses pulsations, qu'on n'aurait pas pu dire qu'il battait à proprement parler mais qu'il tremblait comme sous l'effet de l'épouvante. Non, il ne pouvait pas manger sans mourir. Or il ne pouvait plus rester encore sans manger sans en mourir. C'était là la difficulté.

La lutte a commencé très vite avec la mort. Il fallait y aller doux avec elle, avec délicatesse, tact, doigté. Elle le cernait de tous les côtés. Mais tout de même il y avait encore un moyen de l'atteindre lui, ce n'était pas grand, cette ouverture par où communiquer avec lui mais la vie était quand même en lui, à peine une écharde, mais une écharde quand même. La mort montait à l'assaut. 39,5 le premier jour. Puis 40. Puis 41. La mort s'essoufflait. 41 : le cœur vibrait comme une corde de violon. 41, toujours, mais il vibre. Le cœur, pensions-nous, le cœur va s'arrêter. Toujours 41. La mort, à coups de boutoir, frappe, mais le cœur est sourd. Ce n'est pas possible, le cœur va s'arrêter. Non.

De la bouillie, avait dit le docteur, par cuillers à café. Six ou sept fois par jour on lui donnait de la bouillie. Une cuiller à café de bouillie l'étouffait, il s'accrochait à nos mains, il cherchait l'air et retombait sur son lit. Mais il avalait. De même six à sept fois par jour il demandait à faire. On le soulevait en le prenant par-dessous les genoux et sous les bras. Il devait peser entre trente-sept et trente-huit kilos : l'os, la peau, le foie, les intestins, la cervelle, le poumon, tout compris : trente-huit kilos répartis sur un corps d'un mètre soixante-dix-huit. On le posait sur le seau hygiénique sur le bord duquel on disposait un petit coussin : là où les articulations jouaient à nu sous la peau, la peau était à vif. *(La petite juive de dix-sept ans du faubourg du Temple a les coudes qui ont troué la peau de ses bras, sans doute à cause de sa jeunesse et de la fragilité de la peau, son articulation est au-dehors au lieu d'être dedans, elle sort nue, propre, elle ne souffre pas ni de ses articulations ni de son ventre duquel on a enlevé un à un, à intervalles réguliers, tous ses organes génitaux.)* Une fois assis sur son seau, il faisait d'un seul coup, dans un glou-glou énorme, inattendu, démesuré. Ce que se retenait de faire le cœur, l'anus ne pouvait pas le retenir, il lâchait son contenu. Tout, ou presque, lâchait son contenu, même les doigts qui ne retenaient plus les ongles, qui les lâchaient à leur tour. Le cœur, lui, continuait à retenir son contenu. Le cœur. Et la tête. Hagarde, mais sublime, seule, elle sortait de ce charnier, elle émergeait, se souvenait, racontait, reconnaissait, réclamait. Parlait. Parlait. La tête tenait au corps par le cou comme d'habitude les têtes tiennent, mais ce cou était tellement réduit — on en faisait le tour d'une seule main — tellement desséché qu'on se demandait comment la vie y passait, une cuiller à café de bouillie y passait à grand-peine et le bouchait. Au commencement le cou faisait un angle droit avec l'épaule. En haut, le cou pénétrait à l'intérieur du squelette, il collait en haut des mâchoires, s'enroulait autour des ligaments comme un lierre. Au travers on voyait se dessiner les vertèbres, les carotides, les nerfs, le pharynx et passer le sang : la peau était devenue du papier à cigarettes. Il faisait donc cette chose gluante vert sombre qui bouillonnait, merde que personne n'avait encore vue. Lorsqu'il l'avait faite on le recouchait, il était anéanti, les yeux mi-clos, longtemps.

Pendant dix-sept jours, l'aspect de cette merde resta le même. Elle était inhumaine. Elle le séparait de nous plus que la fièvre, plus que la maigreur, les doigts désonglés, les traces de coups des S.S. On lui donnait de la bouillie jaune d'or, bouillie pour nourrisson et elle ressortait de lui vert sombre comme de la vase de marécage. Le seau hygiénique fermé on entendait les bulles lorsqu'elles crevaient à la surface. Elle aurait pu

rappeler — glaireuse et gluante — un gros cra-
chat. Dès qu'elle sortait, la chambre s'emplissait
d'une odeur qui n'était pas celle de la putréfac-
tion, du cadavre — y avait-il d'ailleurs encore
dans son corps matière à cadavre — mais plutôt
celle d'un humus végétal, l'odeur des feuilles
mortes, celle des sous-bois trop épais. C'était là en
effet une odeur sombre, épaisse comme le reflet
de cette nuit épaisse de laquelle il émergeait et
que nous ne connaîtrions jamais. (*Je m'appuyais*
aux persiennes, la rue sous mes yeux passait, et comme
ils ne savaient pas ce qui arrivait dans la chambre,
j'avais envie de leur dire que dans cette chambre au-
dessus d'eux, un homme était revenu des camps alle-
mands, vivant.)

Évidemment il avait fouillé dans les poubelles
pour manger, il avait mangé des herbes, il avait
bu de l'eau des machines, mais ça n'expliquait
pas. Devant la chose inconnue on cherchait des
explications. On se disait que peut-être là sous
nos yeux, il mangeait son foie, sa rate. Comment
savoir ? Comment savoir ce que ce ventre conte-
nait encore d'inconnu, de douleur ?

Dix-sept jours durant l'aspect de cette merde
est resté le même. Dix-sept jours sans que cette
merde ressemble à quelque chose de connu. Chacune des sept fois qu'il fait par jour, nous la
humons, nous la regardons sans la reconnaître.
Dix-sept jours nous cachons à ses propres yeux ce
qui sort de lui de même que nous lui cachons ses
propres jambes, ses pieds, son corps, l'incroyable.

Nous ne nous sommes jamais habitués à les

voir. On ne pouvait pas s'y habituer. Ce qui était incroyable, c'était qu'il vivait encore. Lorsque les gens entraient dans la chambre et qu'ils voyaient cette forme sous les draps, ils ne pouvaient pas en supporter la vue, ils détournaient les yeux. Beaucoup sortaient et ne revenaient plus. Il ne s'est jamais aperçu de notre épouvante, jamais une seule fois. Il était heureux, il n'avait plus peur. La fièvre le portait. Dix-sept jours.

Un jour la fièvre tombe.

Au bout de dix-sept jours la mort se fatigue. Dans le seau elle ne bouillonne plus, elle devient liquide, elle reste verte, mais elle a une odeur plus humaine, une odeur humaine. Et un jour la fièvre tombe, on lui a fait douze litres de sérum, et un matin la fièvre tombe. Il est couché sur ses neuf coussins, un pour la tête, deux pour les avant-bras, deux pour les bras, deux pour les mains, deux pour les pieds ; car tout ça ne pouvait plus supporter son propre poids, il fallait engloutir ce poids dans du duvet, l'immobiliser.

Et une fois, un matin, la fièvre sort de lui. La fièvre revient mais retombe. Elle revient encore, un peu plus basse et retombe encore. Et puis un matin il dit : « J'ai faim. »

La faim avait disparu avec la montée de la fièvre. Elle était revenue, avec la retombée de la fièvre. Un jour le docteur a dit : « Essayons, essayons de lui donner à manger, commençons par du jus de viande, s'il le supporte, continuez à lui en donner, mais en même temps donnez-lui de tout, par petites doses tout d'abord, et par paliers de trois jours, un peu plus à chaque palier. »

Dans la matinée je fais tous les restaurants de Saint-Germain-des-Prés pour trouver un presse-viande. J'en trouve un boulevard Saint-Germain dans un grand restaurant. Ils ne peuvent pas le prêter. Je dis que c'est pour un déporté politique qui est très mal, que c'est une question de vie ou de mort. La dame réfléchit, elle dit : « Je ne peux pas vous le prêter mais je peux vous le louer, ce sera mille francs par jour *(sic)*. » Je donne mon nom, mon adresse et une caution. La viande m'est vendue au prix coûtant par le restaurant Saint-Benoit.

Il digérait parfaitement le jus de viande. Alors au bout de trois jours il a commencé à manger des aliments solides.

Sa faim a appelé sa faim. Elle est devenue de plus en plus grande, insatiable.

Elle a pris des proportions effrayantes.

On ne le servait pas. On lui donnait directement les plats devant lui et on le laissait et il mangeait. Il fonctionnait. Il faisait ce qu'il fallait pour vivre. Il mangeait. C'était une occupation qui prenait tout son temps. Il attendait la nourriture pendant des heures. Il avalait sans savoir quoi. Puis on éloignait la nourriture et il attendait qu'elle revienne.

Il a disparu, la faim est à sa place. Le vide donc est à sa place. Il donne au gouffre, il remplit ce qui était vidé, les entrailles décharnées. C'est ce qu'il fait. Il obéit, il sert, il fournit à une fonction mystérieuse. Comment sait-il pour la faim ? Comment perçoit-il que c'est cela qu'il faut ? Il le sait d'un savoir sans équivalence aucune.

Il mange une côtelette de mouton. Puis il suce l'os, les yeux baissés, attentif seulement à ne laisser aucune parcelle de viande. Puis il reprend une deuxième côtelette de mouton. Puis une troisième. Sans lever les yeux.

Il est assis dans la pénombre du salon, près d'une fenêtre à demi ouverte, sur un fauteuil, entouré de ses coussins, sa canne à côté de lui. Dans ses pantalons ses jambes flottent comme des béquilles. Lorsqu'il fait du soleil, on voit à travers ses mains.

Hier, il ramassait les miettes de pain tombées sur son pantalon, par terre, en faisant des efforts énormes. Aujourd'hui il en laisse quelques-unes.

Quand il mange on le laisse seul dans la pièce. On n'a plus à l'aider. Ses forces sont revenues suffisamment pour qu'il tienne une cuiller, une fourchette. Mais on lui coupe la viande. On le laisse seul devant la nourriture. On évite de parler dans les pièces à côté. On marche sur la pointe des pieds. On le regarde de loin. Il fonctionne. Il n'a pas de préférence marquée pour les plats. De moins en moins de préférence. Il avale comme un gouffre. Quand les plats n'arrivent pas assez vite il sanglote et il dit qu'on ne le comprend pas.

Hier après-midi il est allé voler du pain dans le frigidaire. Il vole. On lui dit de faire attention, de ne pas trop manger. Alors il pleure.

Je le regardais de la porte du salon. Je n'entrais pas. Pendant quinze jours, vingt jours, je l'ai regardé manger sans pouvoir m'habituer non plus, dans une joie fixe. Quelquefois cette joie me faisait pleurer moi aussi. Il ne me voyait pas. Il m'avait oubliée.

Les forces reviennent.

Moi aussi, je recommence à manger, je recommence à dormir. Je reprends du poids. Nous allons vivre. Comme lui pendant dix-sept jours je ne peux pas manger. Comme lui pendant dix-sept jours je n'ai pas dormi, du moins je crois n'avoir pas dormi. En fait je dors deux à trois heures par jour. Je m'endors partout. Je me réveille dans l'épouvante, c'est abominable, chaque fois je crois qu'il est mort pendant mon sommeil. J'ai toujours cette petite fièvre nocturne. Le docteur qui vient pour lui s'inquiète aussi pour moi. Il ordonne des piqûres. L'aiguille se casse dans le muscle de ma cuisse, mes muscles sont comme tétanisés. L'infirmière ne veut plus me faire de piqûres. Le manque de sommeil provoque des troubles de vision. Je m'accroche aux meubles pour marcher, le sol penche devant moi et j'ai peur de glisser. On mange la viande qui a servi à lui faire des jus de viande. Elle est comme du papier, du coton. Je ne fais plus du tout de cuisine, sauf le café. Je me sens très près de la mort que j'ai souhaitée. Ça m'indiffère, et même cela, que ça m'indiffère, je n'y pense pas. Mon identité s'est déplacée. Je suis seulement celle qui a peur quand elle se réveille. Celle qui veut à sa place, pour lui. Ma personne est là dans ce désir, et ce désir, même quand Robert L. est au plus mal, il est inexprimablement fort parce que Robert L. est encore en vie. Quand j'ai perdu mon petit frère et mon petit enfant, j'avais perdu aussi la douleur, elle était pour ainsi dire sans objet, elle se bâtissait sur le passé. Ici l'espoir est entier, la douleur est implantée dans l'espoir. Parfois je m'étonne de ne pas mourir : une lame glacée enfoncée profond dans la chair vivante, de nuit, de jour et on survit.

Les forces reviennent.

Nous avions été prévenus par téléphone. Pendant un mois nous lui avions caché la nouvelle. C'est après qu'il ait repris des forces, pendant un séjour à Verrières-le-Buisson, dans un centre de convalescence pour déportés, que nous lui avons appris la mort de sa jeune sœur, Marie-Louise L. C'était la nuit. Il y avait là sa plus jeune sœur et moi. On lui a dit : « Il faut qu'on te dise quelque chose qu'on t'a caché. » Il a dit : « Vous me cachez la mort de Marie-Louise. » Jusqu'au jour on est restés ensemble dans la chambre, sans parler d'elle, sans parler. J'ai vomi. Je crois qu'on a tous vomi. Lui répétait les mots : « Vingt-quatre ans », assis sur le lit, les mains sur sa canne, ne pleurait pas.

Les forces sont revenues encore davantage. Un autre jour je lui ai dit qu'il nous fallait divorcer, que je voulais un enfant de D., que c'était à cause du nom que cet enfant porterait. Il m'a demandé s'il était possible qu'un jour on se retrouve. J'ai dit que non, que je n'avais pas changé d'avis depuis deux ans, depuis que j'avais rencontré D. Je lui ai dit que même si D. n'existait pas, je n'aurais pas vécu de nouveau avec lui. Il ne m'a pas demandé les raisons que j'avais de partir, je ne les lui ai pas données.

Une fois nous sommes à Saint-Jorioz sur le lac d'Annecy, dans une maison de repos pour déportés. C'est un hôtel-restaurant sur le bord de la route. C'est en août 1945. Hiroshima, c'est là qu'on l'apprend. Le poids est revenu, il a grossi. Il n'a pas la force de porter son poids ancien. Il marche avec cette canne que je revois, en bois sombre, épaisse. Quelquefois on dirait qu'il veut frapper avec cette canne, les murs, les meubles, les portes, pas les gens, non, mais toutes les choses qu'il rencontre sur son passage. Il y a aussi D. sur le lac d'Annecy. Nous n'avons pas d'argent pour aller dans des hôtels que nous paierions.

Je ne vois pas qu'il soit près de nous pendant ce séjour en Savoie, il est entouré d'étrangers, il est encore seul, il ne dit rien de ce qu'il pense. Il est dissimulé. Il est sombre. Sur le bord de la route, un matin, ce titre énorme dans un journal : Hiroshima.

On dirait qu'il veut frapper, qu'il est aveuglé

par une colère par laquelle il doit passer avant de pouvoir revivre. Après Hiroshima je crois qu'il parle avec D., D. est son meilleur ami, Hiroshima est peut-être la première chose extérieure à sa vie qu'il voit, qu'il lit au-dehors.

Une autre fois, c'était avant la Savoie, il est à la terrasse du Flore. Il y a beaucoup de soleil. Il avait voulu aller au Flore : « pour voir », il avait dit. Les garçons viennent le saluer. Et c'est à ce moment-là que je le revois, il crie, il martèle le sol avec sa canne. J'ai peur qu'il casse les vitres. Les garçons le regardent près des larmes, consternés, sans un mot, et puis je le vois s'asseoir et se taire longtemps.

Puis le temps a passé encore.
Ça a été le premier été de la paix, 1946.
Ça a été une plage en Italie, entre Livourne et La Spezia.
Il y a un an et quatre mois qu'il est revenu des camps. Il sait pour sa sœur, il sait pour notre séparation depuis de longs mois.
Il est là, sur la plage, il regarde venir des gens. Je ne sais pas qui. Comme il regarde, comme il fait pour voir, c'était ce qui mourait en premier dans l'image allemande de sa mort lorsque je l'attendais à Paris. Quelquefois il reste de longs moments sans parler, le regard au sol. Il ne peut pas encore s'habituer à la mort de la jeune sœur : vingt-quatre ans, aveugle, les pieds gelés, phtisique au dernier degré, transportée en avion de

Ravensbrück à Copenhague, morte le jour de son arrivée, c'est le jour de l'armistice. Il ne parle jamais d'elle, il ne prononce jamais son nom.

Il a écrit un livre sur ce qu'il croit avoir vécu en Allemagne : *L'Espèce humaine*. Une fois ce livre écrit, fait, édité, il n'a plus parlé des camps de concentration allemands. Il ne prononce jamais ces mots. Jamais plus. Jamais plus non plus le titre du livre.

C'est un jour de Libeccio.

Dans cette lumière qui accompagne le vent, l'idée de sa mort s'arrête.

Je suis allongée près de Ginetta, nous avons grimpé la pente de la plage et nous sommes allées profond dans les roseaux. Nous nous sommes déshabillées. Nous sortons de la fraîcheur du bain, le soleil brûle cette fraîcheur sans encore l'atteindre. La peau protège bien. À la base de mes côtes, dans un creux, sur ma peau, je vois battre mon cœur. J'ai faim.

Les autres sont restés sur la plage. Ils jouent au ballon. Sauf Robert L. Pas encore.

Au-dessus des roseaux on voit les flancs neigeux des carrières de marbre de Carrare. Au-dessus il y a des montagnes plus hautes qui étincellent de blancheur. De l'autre côté, plus près, on voit Monte Marcello, juste au-dessus de l'embouchure de La Magra. On ne voit pas le village de Monte Marcello mais seulement la colline, les bois de figuiers et tout au sommet les flancs sombres des pins.

On entend : ils rient. Elio surtout. Ginetta dit : « Écoute-le, c'est comme un enfant. »
Robert L. ne rit pas. Il est allongé sous un parasol. Il ne peut pas encore supporter le soleil. Il les regarde jouer.

Le vent n'arrive pas à passer à travers les roseaux, mais il nous apporte les bruits de la plage. La chaleur est terrible.
Ginetta prend deux moitiés de citron dans son casque de bain, elle m'en tend une. On presse le citron au-dessus de nos bouches ouvertes. Le citron coule goutte à goutte dans notre gorge, il arrive sur notre faim et nous en fait mesurer la profondeur, la force. Ginetta dit que le citron est bien le fruit qu'il fallait quand il faisait cette chaleur. Elle dit : « Regarde les citrons de la plaine de Carrare comme ils sont énormes, ils ont la peau épaisse qui les garde frais sous le soleil, ils ont le jus comme les oranges, mais ils ont le goût sévère. »

On entend toujours les joueurs. Robert L. lui, on ne l'entend toujours pas. C'est dans ce silence-là que la guerre est encore présente, qu'elle sourd à travers le sable, le vent.

Ginetta dit : « Je regrette beaucoup de ne pas t'avoir connue quand tu as attendu le retour de Robert. » Elle dit qu'elle le trouve bien, mais qu'elle a l'impression qu'il se fatigue vite, elle le remarque surtout quand il marche, quand il nage, à cette lenteur qu'il a, si douloureuse. Comme elle ne l'a pas connu avant, elle dit qu'elle ne peut pas être sûre de ce qu'elle dit. Mais elle a comme une crainte qu'il ne puisse jamais retrouver sa force d'avant les camps.

Dès ce nom, Robert L., je pleure. Je pleure encore. Je pleurerai toute ma vie. Ginetta s'excuse et se tait.

Chaque jour elle croit que je pourrai parler de lui, et je ne peux pas encore. Mais ce jour-là je lui dis que je pensais pouvoir le faire un jour. Et que déjà j'avais écrit un peu sur ce retour. Que j'avais essayé de dire quelque chose de cet amour. Que c'était là, pendant son agonie que j'avais le mieux connu cet homme, Robert L., que j'avais perçu pour toujour ce qui le faisait lui, et lui seul, et rien ni personne d'autre au monde, que je parlais de la grâce particulière à Robert L. ici-bas, de celle qui lui était propre et qui le portait à travers les camps, l'intelligence, l'amour, la lecture, la politique, et tout l'indicible des jours, de cette grâce à lui particulière mais faite de la charge égale du désespoir de tous.

La chaleur est devenue trop insupportable. Nous avons remis nos maillots, nous avons traversé la plage en courant. Nous sommes allées droit dans la mer. Ginetta est partie loin. Je suis restée au bord.

Le Libeccio était tombé. Ou bien c'était un autre jour sans vent.

Ou bien c'était une autre année. Un autre été. Un autre jour sans vent.

La mer était bleue, même là sous nos yeux, et il n'y avait pas de vagues mais une houle extrêmement douce, une respiration dans un sommeil profond. Les autres se sont arrêtés de jouer et se sont accroupis sur leurs serviettes dans le sable. Lui s'est levé et il a avancé vers la mer. Je suis venue près du bord. Je l'ai regardé. Il a vu que je le regardais. Il clignait des yeux derrières ses lunettes et il me souriait, il remuait la tête par petits coups, comme on fait pour se moquer. Je savais qu'il savait, qu'il savait qu'à chaque heure de chaque jour, je le pensais : « Il n'est pas mort au camp de concentration. »

II

Monsieur X. dit ici Pierre Rabier

Il s'agit d'une histoire vraie jusque dans le détail. C'est par égard pour la femme et l'enfant de cet homme nommé ici Rabier que je ne l'ai pas publiée avant, et que ici encore je prends la précaution de ne pas le nommer de son vrai nom. Cette fois-ci quarante ans ont recouvert les faits, on est vieux déjà, même si on les apprend ils ne blesseront plus comme ils auraient fait avant, quand on était jeune.

Reste ceci, que l'on peut se demander : pourquoi publier ici ce qui est en quelque sorte anecdotique ? C'était terrible certes, terrifiant à vivre, au point de pouvoir en mourir d'horreur, mais c'était tout, ça ne s'agrandissait jamais, ça n'allait jamais vers le large de la littérature. Alors ?

Dans le doute je l'ai rédigée. Dans le doute je l'ai donnée à lire à mes amis, Hervé Lemasson, Yann Andréa. Ils ont décidé qu'il fallait la publier à cause de la description que j'y faisais de Rabier, de cette façon illusoire d'exister par la fonction de la sanction et seulement de celle-ci qui la plupart du temps tient lieu d'éthique ou de philosophie ou de morale et pas seulement dans la police.

C'est le 6 juin 1944 au matin dans la grande salle d'attente de la prison de Fresnes. Je viens porter un colis à mon mari qui a été arrêté le 1er juin, il y a six jours. Il y a une alerte. Les Allemands ferment les portes de la salle d'attente et nous laissent seuls. Nous sommes une dizaine. On ne se parle pas. Le bruit des escadrilles arrive au-dessus de Paris, il est énorme. J'entends qu'on me dit à voix basse mais précise la phrase suivante : « Ils ont débarqué ce matin à six heures. » Je me retourne. C'est un jeune homme. Je crie tout bas : « Ce n'est pas vrai. Ne répandez pas de fausses nouvelles. » Le jeune homme dit : « C'est vrai. » Nous ne croyons pas le jeune homme. Tout le monde pleure. L'alerte cesse. Les Allemands évacuent la salle d'attente. Pas de colis aujourd'hui. C'est une fois revenue à Paris — rue de Rennes — que je vois : tous les visages autour de moi, ils se regardent comme des fous, ils se sourient. J'arrête un jeune homme, je lui demande : « C'est vrai ? » Il me répond : « C'est vrai. »

Les colis de vivres sont suspendus *sine die*. Je vais à Fresnes plusieurs fois pour rien. Je me décide alors à obtenir un permis de colis par la rue des Saussaies. Une de mes amies, secrétaire à l'Information, prend sur elle de téléphoner au docteur Kieffer (avenue Foch) au nom de son directeur, afin d'obtenir une recommandation à cet effet. On la convoque. Elle est reçue par le secrétaire du docteur Kieffer qui lui dit de s'adresser au bureau 415 E4, quatrième étage du vieux bâtiment de la rue des Saussaies. Aucun mot de recommandation. J'attends plusieurs jours de suite devant la rue des Saussaies. La queue occupe cent mètres de trottoir. Nous attendons, non de pénétrer dans les locaux de la police allemande, mais de prendre notre tour afin de pouvoir y pénétrer. Trois jours. Quatre jours. Ce n'est que devant le secrétaire du bureau des Permis de Colis que je peux faire état de la recommandation du docteur Kieffer. Il me faut d'abord aller à ce bureau 415 voir un certain M. Hermann. J'attends toute la matinée : M. Hermann est absent. La secrétaire d'un bureau voisin me donne un mot qui me permet de revenir le lendemain matin. Encore une fois, M. Hermann est absent et j'attends toute la matinée. Le débarquement a eu lieu il y a maintenant huit jours, on sent la déroute envahir les hauts lieux de la police allemande. Mon laissez-passer expire à midi, je cherche vainement la secrétaire que j'avais vue la veille. Je vais perdre le bénéfice de quelque vingt heures d'attente. J'aborde un grand homme qui passe dans les couloirs et je lui demande de bien vouloir me faire prolonger mon laissez-passer jusqu'au soir. Il me dit de lui montrer ma fiche. Je la lui tends. Il dit : « Mais c'est l'affaire de la rue Dupin. »

Il prononce le nom de mon mari. Il me dit que c'est lui qui a arrêté mon mari. Et qui a procédé à son premier interrogatoire. Ce monsieur est X., appelé ici Pierre Rabier, agent de la Gestapo.

« Vous êtes une parente ?

— Je suis sa femme.

— Ah !... c'est une affaire embêtante, vous savez... »

Je ne pose aucune question à Pierre Rabier. Il se montre d'une extrême politesse. Il me renouvelle lui-même mon laissez-passer. Et il me dit que demain Hermann sera là.

Je revois Rabier le lendemain quand je viens voir Hermann pour le permis de colis. J'attends dans le couloir, il sort d'une porte. Il tient dans ses bras une femme à moitié évanouie et d'une grande pâleur, ses vêtements sont trempés. Il me sourit, disparaît. Il revient quelques minutes plus tard, il sourit encore.

« Alors, vous attendez toujours ?... »

Je dis que c'est sans importance. Il revient sur l'histoire de la rue Dupin.

« C'était une vraie caserne... Et puis sur la table, il y avait ce plan... C'est une histoire assez grave. »

Il me pose quelques questions. Est-ce que je savais que mon mari faisait partie d'un organisme de Résistance? Est-ce que je connaissais ces gens qui habitaient rue Dupin? Je dis que je les connaissais mal ou pas du tout, que j'écrivais des livres, que rien d'autre ne m'intéressait. Il me dit qu'il le sait, que mon mari le lui a dit. Qu'il a même trouvé deux romans de moi sur la table du salon lorsqu'il l'a arrêté, il rit, il les a même emportés. Il ne me pose plus de questions. Il me dit enfin la vérité, que je ne pourrai pas obtenir un permis de colis parce que les permis de colis sont supprimés. Mais qu'il existe la possibilité de passer les colis par l'instructeur allemand lorsque celui-ci procède aux interrogatoires des détenus.

L'instructeur, c'est Hermann, celui que j'attends depuis trois jours. Il vient à la fin de l'après-midi. Je lui parle de la solution que m'a proposée Rabier. Il dit que je ne pourrai pas rencontrer mon mari, mais qu'il se chargera de remettre les colis à lui et à sa sœur, je peux les apporter demain matin. À la sortie du bureau d'Hermann, je rencontre encore Rabier. Il sourit, il me réconforte : mon mari ne sera pas fusillé « malgré le plan pour faire sauter des installations allemandes qu'on a trouvé sur la table du salon avec les deux romans ». Il rit.

Je vis dans un isolement total. Seul lien avec l'extérieur : un coup de téléphone de D. chaque matin et chaque soir.

Trois semaines passent. La Gestapo n'est pas

venue perquisitionner chez moi. Les événements aidant, nous pensons que maintenant elle ne viendra plus. Je demande de recommencer à travailler. On me l'accorde. François Morland, le chef de notre mouvement, a besoin d'un agent de liaison et me fait demander de remplacer l'agent Ferry qui part à Toulouse. J'accepte.

Le premier lundi de juillet à onze heures trente du matin, je dois mettre en contact Duponceau (à ce moment-là délégué du M.N.P.G.D. en Suisse) et Godard (chef de cabinet du ministre des Prisonniers, Henry Fresnay). Nous devons nous rencontrer à l'angle du boulevard Saint-Germain et de la Chambre des Députés du côté opposé à la Chambre. J'arrive à l'heure. Je trouve Duponceau. Je l'aborde et nous causons avec cet air dégagé et naturel que les membres de la Résistance arborent au grand jour. Cinq minutes ne se sont pas passées quand je m'entends héler à quelques mètres de moi : Pierre Rabier. Il m'appelle en claquant des doigts. Sa figure est sévère. Je nous crois perdus. Je dis à Duponceau : « C'est la Gestapo, on est faits. » Je vais vers Rabier sans hésiter. Il ne me dit pas bonjour.

« Vous me reconnaissez ?
— Oui.
— Où m'avez-vous vu ?
— Rue des Saussaies. »
Ou la présence de Rabier est un pur hasard, ou il vient nous arrêter. Dans ce cas la « 11 légère » de la polizei attend derrière l'immeuble, et c'est déjà trop tard.

Je souris à Rabier. Je lui dis : « Je suis bien contente de vous rencontrer, j'ai cherché plusieurs fois à vous voir à la sortie de la rue des Saussaies. Je suis sans nouvelles de mon mari... » L'air sévère de Rabier se dissipe immédiatement — ce qui ne me rassure pas. Il est gai, cordial, il me donne des nouvelles de ma belle-sœur qu'il a vue et à laquelle il a remis le colis dont s'est chargé Hermann. Mon mari il ne l'a pas vu, mais il sait que son colis lui a été remis. Je ne me souviens d'aucun autre de ses propos. Mais je me souviens de ceci : que d'une part Duponceau, pour ne pas me perdre — « perdre le contact » — reste là à sa place. Et que d'autre part Godard arrive et, je ne sais pas par quel miracle, ne m'aborde pas. Je m'attends d'une seconde à l'autre à ce qu'il prenne Rabier pour Duponceau et vienne me tendre la main, mais il ne le fait pas. Nous sommes, Rabier et moi, à cinq mètres devant et cinq mètres derrière encadrés par mes deux camarades. Cette situation d'un comique répertorié et éprouvé, ne fait rire personne. Je me demande encore aujourd'hui comment Rabier ne s'aperçoit pas de mon trouble. Je dois être verte. Je serre les mâchoires pour m'empêcher de claquer des dents. On dirait que Rabier ne le voit pas. Pendant dix minutes il parle. Je n'écoute pas, rien. Peu lui importe, dirait-on. À travers ma peur, à mesure que le temps passe, un espoir se fait jour, celui d'avoir affaire à un fou. Le comportement de Rabier par la suite a fait que je n'ai jamais été tout à fait démentie de ce sentiment. Pendant qu'il parle, des gens passent et s'arrêtent près de nous : Mme Bigorrie et son fils, des voisins de quartier que je n'ai pas revus depuis dix ans. Je ne peux pas dire un mot. Ils partent vite, sans doute ahuris par mon changement d'aspect. Rabier me dit : « Eh bien, vous en connaissez du monde dans le coin » — souvent par la suite il fera allusion aux nombreuses rencontres de ce jour-là — puis il recommence à parler. J'entends qu'il me dit que bientôt il aurait des renseignements sur mon mari. Immédiatement j'abonde dans son sens, je l'ai souvent fait par la suite, j'insiste pour le revoir, avoir un rendez-vous avec lui. Il m'en fixe un pour le soir même à cinq heures et demie dans les jardins de l'avenue Marigny. On se quitte. Lentement je rejoins Duponceau, je lui dis que je ne comprends pas, le collègue devrait être derrière l'immeuble. Mes doutes sont toujours aussi affreux car je ne comprends en aucune façon pourquoi Rabier m'a appelée ni pourquoi il m'a retenue si longtemps. Personne ne vient de derrière l'immeuble. J'indique à Duponceau que l'homme qui est là, à trois mètres, est celui avec lequel il doit prendre contact, Godard. Je m'éloigne, je ne sais pas du tout ce qui va se passer. Je ne sais plus si j'ai bien fait de ne pas prévenir moi-même Godard. Je ne me retourne pas. Je vais directement chez Gallimard. Je m'écroule sur un fauteuil. Je le sais le soir même : mes camarades n'ont pas été arrêtés.

La présence de Rabier était bien un hasard. Il

s'était arrêté parce qu'il avait reconnu la jeune Française qui avait porté le colis à la rue des Saussaies. Je l'ai appris ensuite, Rabier était fasciné par les intellectuels français, les artistes, les auteurs de livres. Il était entré dans la Gestapo faute d'avoir pu acquérir une librairie de livres d'art *(sic)*.

Je vois Rabier le soir même. Il n'a aucune nouvelle à me donner, ni de mon mari ni de ma belle-sœur. Mais il me dit qu'il pourra en avoir.

À partir de ce jour Rabier me téléphone, d'abord tous les deux jours, et puis ensuite tous les jours. Puis très vite il me demande de le rencontrer. Je le rencontre. Les ordres de François Morland sont formels : je dois garder ce contact, c'est le seul qui nous relie encore aux camarades arrêtés. De plus, si je ne venais plus aux rendez-vous de Rabier c'est alors que je deviendrais suspecte à ses yeux.

Je vois Rabier chaque jour. Il m'invite quelquefois à déjeuner, toujours dans des restaurants marché noir. La plupart du temps nous allons dans des cafés. Il me raconte ses arrestations. Mais surtout il me raconte, non pas sa vie présente, mais celle à laquelle il aspire. La petite librairie d'art revient souvent. Je m'arrange pour chaque fois lui rappeler l'existence de mon mari. Il dit qu'il y pense. Malgré les ordres de François Morland j'essaye plusieurs fois de rompre avec lui, mais je l'avertis, je lui dis que je vais partir à la campagne, que je suis fatiguée. Il n'y croit pas. Il ne sait pas si je suis innocente, ce qu'il sait c'est qu'il me tient. Il a raison. Je ne pars jamais à la campagne. Toujours cette peur insurmontable d'être définitivement coupée de Robert L., mon mari. J'insiste pour savoir où il se trouve. Il me jure qu'il s'en occupe. Il prétend qu'il lui a évité un jugement et que mon mari est maintenant assimilé aux réfractaires du S.T.O. Moi aussi je le tiens : si j'apprends que mon mari est parti en Allemagne, je n'ai plus besoin de le voir, et il le sait. L'histoire du S.T.O. est fausse, je l'apprendrai plus tard. Mais si Rabier ment, c'est pour me rassurer, je suis certaine qu'il croit pouvoir faire beaucoup plus qu'il ne peut faire en réalité. Je crois qu'il est allé jusqu'à croire qu'il pouvait faire que mon mari revienne, cela pour me garder moi. Le principal reste qu'il ne me dise pas que mon mari a été fusillé parce qu'ils ne savent plus quoi faire des prisonniers.

Je suis de nouveau dans un isolement presque total. La consigne est de ne venir chez moi et de ne me reconnaître sous aucun prétexte. Je cesse évidemment toute activité. Je maigris beaucoup. J'atteins le poids d'une déportée. Chaque jour je m'attends à être arrêtée par Rabier. Chaque jour je donne « pour la dernière fois » à ma concierge le lieu de mon rendez-vous avec Rabier et l'heure à laquelle je devrais rentrer. Je ne vois qu'un seul de mes camarades, D. dit Masse, second du commandant Rodin, chef de groupe franc, gérant du journal *L'Homme Libre*. Nous nous rencontrons très loin de là où nous habitons, nous marchons dans la rue et nous nous promenons dans les jardins publics. Je lui dis ce que Rabier m'a appris.

Une dissension s'établit dans le mouvement.
— D'aucuns veulent abattre Rabier sans tarder.
— D'autres veulent que je quitte très vite Paris.

Dans une lettre que D. fait parvenir à François Morland, je promets sur l'honneur de tout faire pour permettre au mouvement d'abattre Rabier avant que la police ne s'en empare, cela dès que je saurai mon mari et ma belle-sœur hors de sa portée. Autrement dit hors de France. Car il y a aussi cela, en sus des autres dangers : que Rabier découvre que j'appartiens à un mouvement de Résistance et que cela aggrave le cas de Robert L.

Il y a deux périodes distinctes dans mon histoire avec Rabier.
La première période part du moment où je le rencontre dans un couloir de la rue des Saussaies jusqu'à celui de ma lettre à François Morland. C'est celle de la peur, chaque jour, atroce, écrasante.
La deuxième période va de cette lettre à François Morland à l'arrestation de Rabier. C'est celle de cette même peur, certes, mais qui parfois verse dans la délectation d'avoir décidé de sa mort. De l'avoir eu sur son propre terrain, la mort.

Les rendez-vous que me donne Rabier sont toujours de dernière minute, toujours dans des endroits inattendus et à des heures également inattendues, par exemple six heures moins vingt, quatre heures dix. Quelquefois il me donne des rendez-vous dans la rue, quelquefois dans un café. Mais que ce soit dans la rue ou dans un café, Rabier arrive toujours très en avance sur l'heure donnée et il attend toujours assez loin de l'endroit du rendez-vous. Quand c'est dans un café, il est par exemple sur l'autre trottoir, mais pas devant le café, quand c'est dans la rue, il est toujours plus loin que l'endroit indiqué. Il est toujours là d'où l'on voit le mieux celui qu'on attend. Souvent lorsque j'arrive je ne le vois pas, il surgit de derrière moi. Mais souvent lorsque j'arrive je le vois, il est à cent mètres du café où nous devons nous retrouver, sa bicyclette est à côté de lui, elle est contre un mur ou un bec de gaz, il a son cartable à la main.

Je note chaque soir ce qui s'est passé avec Rabier, ce que j'ai appris de faux ou de vrai sur les convois des déportés vers l'Allemagne, sur les nouvelles du Front, la faim à Paris, il n'y a vraiment plus rien, nous sommes coupés de la Normandie sur laquelle Paris a vécu pendant cinq ans. Je prends ces notes à l'intention de Robert L. pour quand il rentrera. Je pointe aussi sur une carte d'état-major l'avancée des troupes alliées en Normandie et vers l'Allemagne jour après jour. Je garde les journaux.

Logiquement Rabier devrait tout faire pour faire disparaître de Paris le témoin le mieux renseigné sur son activité à la Gestapo, le plus dangereux pour lui, le plus crédible : écrivain et femme de résistant, moi. Il ne le fait pas.

Rabier me donne toujours des renseignements, même quand il croit ne pas m'en donner. Généralement ce sont des ragots de couloirs de la rue des Saussaies. Mais c'est comme ça que j'apprends que les Allemands commencent à avoir très peur, que certains désertent, que les problèmes de transport sont les plus durs à résoudre.

François Morland aussi commence à avoir peur. D., lui, il a peur depuis le premier jour. Pour M. Leroy, moi.

J'oublie de dire : les rendez-vous de Rabier sont toujours dans des lieux ouverts, à plusieurs sorties, des cafés d'angle, de carrefour de rues. Ses quartiers de prédilection sont le VIe, Saint-Lazare, la République, Duroc.

Les premiers temps j'ai craint qu'il ne me demande de monter chez moi un instant après m'avoir accompagnée jusqu'à ma porte. Il ne l'a jamais fait. Je sais qu'il y a pensé dès ce premier rendez-vous dans le jardin de l'avenue Marigny.

La dernière fois que j'ai vu Rabier il m'a

demandé d'aller prendre un verre avec lui « dans un studio d'un ami absent de Paris ». J'ai dit : « Une autre fois. » Je me suis sauvée. Mais cette fois-là il savait que c'était la dernière fois. Il avait déjà décidé que le soir même il quitterait Paris. Ce dont il n'était pas sûr, c'était de ce qu'il aurait fait de moi, comment il m'aurait mise à mal, s'il m'emmènerait avec lui dans sa fuite ou s'il me tuerait.

Il me revient à l'instant qu'il a été pris une première fois rue des Renaudes, dans un studio à son nom je crois, et puis relâché, et que vingt ans après c'est dans cette même rue que Georges Figon a été retrouvé « suicidé » par la police française. Cette rue que je ne connais pas. Le mot est sombre, celui d'une dernière cache, aveugle.

Une seule fois je l'ai vu mal en point, sa veste marron était décousue aux emmanchures, il manquait des boutons. Il avait des blessures au visage. Sa chemise était déchirée. C'était dans un des derniers cafés, rue de Sèvres, à Duroc. Il était exténué mais il souriait, aimable, comme à l'ordinaire.

« Je les ai ratés. Ils étaient trop nombreux. »

Il se reprend : « Ça a été dur, ils se sont défendus, ils étaient six autour du bassin du Luxembourg. Des jeunes, ils ont couru plus vite que moi. »

Pincement au cœur sans doute, comme un amoureux éconduit, sourire désolé : bientôt il sera trop vieux pour arrêter la jeunesse.

Je crois que c'est ce jour-là qu'il me parle des donneurs que tout mouvement de Résistance produit inévitablement. C'est lui qui m'apprend que nous avons été donnés par un membre de notre réseau. Le camarade arrêté avait parlé sous la menace de la déportation. Rabier disait : « C'était facile, il nous a dit dans quel endroit c'était, quelle pièce, quel bureau, quel tiroir. » Rabier me donne le nom. Je le donne à D. D. le donne au mouvement. L'habitude est telle, de punir, de se défendre, de se débarrasser, et surtout de « *ne pas avoir le temps* », que la décision est prise d'abattre ce camarade à la Libération. Le lieu est même choisi, un parc de Verrières. La Libération venue on abandonnera le projet à l'unanimité.

Rabier souffre parce que je ne grossis pas. Il dit : « Je ne supporte pas ça. » Il supporte d'arrêter, d'envoyer à la mort, mais ça, il ne le supporte pas, que je ne grossisse pas quand il le veut. Il m'apporte des provisions. Je les donne à ma concierge, ou je les jette dans un égout. De l'argent, non, je lui dis que je n'accepterai jamais. Là, la superstition est plus tenace.

Ce qu'il aurait voulu, outre la librairie, c'était devenir expert en tableaux et objets d'art auprès des tribunaux. Il dit dans sa requête avoir été « critique d'art au journal *Les Débats,* conservateur du château de Roquebrune, expert de la compagnie P.L.M. À l'heure actuelle, écrit-il, ayant acquis un bagage très important de documentations et d'analyses, passionnément épris de toutes les questions touchant aux arts anciens et modernes, je crois pouvoir remplir avec les connaissances requises les missions les plus sérieuses et les plus délicates qui me seraient confiées ».

Il me donne aussi rendez-vous rue Jacob, rue des Saint-Pères. Et aussi rue Lecourbe.

Chaque fois que je dois voir Rabier, cela continuera jusqu'au bout, je fais comme si c'était pour être tuée. Je fais comme s'il n'ignorait rien de mon activité. C'est chaque fois, chaque jour.

Ils étaient arrêtés, enlevés, emportés loin de France. Et jamais plus on n'avait la moindre nouvelle d'eux, jamais le moindre signe de vie, jamais. Même pas prévenir que ce n'était plus la peine d'attendre, qu'ils étaient morts. Même pas arrêter l'espoir, laisser la douleur s'installer pendant des années. Pour les déportés politiques ils ont agi de même. Pour eux ce n'était pas la peine non plus qu'ils préviennent, ils ne disent pas que ce n'est plus la peine de les attendre, qu'on ne les verra plus jamais, jamais. Mais quand on y pense comme ça, tout à coup, on se demande qui d'autre a fait ça ? Qui a fait ça ? Mais qui ?

Cette fois-ci c'est rue de Sèvres, nous venons de Duroc, nous passons justement devant la rue

Dupin où mon mari et ma belle-sœur ont été arrêtés. C'est cinq heures de l'après-midi. C'est déjà le mois de juillet. Rabier s'arrête. Il tient sa bicyclette de la main droite, il pose sa main gauche sur mon épaule, le visage tourné vers la rue Dupin, il dit : « Regardez. Aujourd'hui il y a exactement quatre semaines jour pour jour que nous nous connaissons. »

Je ne réponds pas. Je pense : « C'est fini. »

« Un jour, continue Rabier — il prend le temps d'un large sourire —, un jour j'ai été chargé d'arrêter un déserteur allemand. Il m'a fallu d'abord lier connaissance avec lui et ensuite il m'a fallu le suivre où qu'il aille. Pendant quinze jours, jour après jour, je l'ai vu, de longues heures chaque jour. Nous étions devenus des amis. C'était un homme remarquable. Au bout de quatre semaines je l'ai mené vers une porte cochère où deux de mes collègues nous attendaient pour l'arrêter. Il a été fusillé quarante-huit heures après. »

Rabier a ajouté : « Il y avait ce jour-là également quatre semaines que nous nous connaissions. »

La main de Rabier était toujours sur mon épaule. L'été de la Libération est devenue de glace.

Dans la peur le sang se retire de la tête, le mécanisme de la vision se trouble. Je vois les grands immeubles du carrefour de Sèvres tanguer dans le ciel et les trottoirs se creuser, noircir. Je n'entends plus clairement. La surdité est relative. Le bruit de la rue devient feutré, il ressemble à la rumeur uniforme de la mer. Mais j'entends bien la voix de Rabier. J'ai le temps de penser que c'est la dernière fois de ma vie que je vois une rue. Mais je ne reconnais pas la rue. Je demande à Rabier :

« Pourquoi me raconter ça ?

— Parce que je vais vous demander de me suivre », dit Rabier.

Je découvrais que je m'y attendais depuis toujours. On m'avait raconté que dès la confirmation de l'épouvante, survient le soulagement, la paix. C'est vrai. Là sur le trottoir, je me suis trouvée déjà arrêtée, inaccessible désormais au facteur même de la peur : Rabier lui-même, lui échappant. Rabier parle de nouveau : « Mais à vous je vous demanderai de me suivre dans un restaurant où vous n'êtes jamais allée. J'aurai l'extrême plaisir de vous inviter. »

Il s'est remis à marcher. Entre la première phrase et la deuxième phrase, il s'est passé le temps de faire une certaine distance, un peu moins d'une minute et demie, le temps d'arriver au square Boucicaut. Il s'arrête de nouveau, et cette fois il me regarde. Je le vois rire dans un brouillard. Dans un faciès très cruel, terrible, le rire indécent éclate. La vulgarité aussi, tout à coup, elle se répand, nauséabonde. C'est une farce qu'il doit faire aux femmes qu'il voit, sans aucun doute des prostituées. Une fois sa farce faite, elles lui doivent la vie. Je crois que, de cette façon précise, il a dû avoir des femmes par-ci, par-là, pendant l'année qu'il a passée rue des Saussaies.

Rabier avait peur de ses collègues allemands. Les Allemands avaient peur des Allemands. Rabier ne savait pas à quel point les Allemands faisaient peur aux populations des pays occupés par leurs armées. Les Allemands faisaient peur comme les Huns, les loups, les criminels, mais surtout les psychotiques du crime. Je n'ai jamais trouvé comment le dire, comment raconter à ceux qui n'ont pas vécu cette époque-là, la sorte de peur que c'était.

J'ai appris pendant son procès que l'identité de Rabier était fausse, qu'il avait pris ce nom à un cousin mort dans les environs de Nice. Qu'il était Allemand.

Rabier me quitte ce soir-là à Sèvres-Babylone, épanoui, content de lui.

Je ne l'avais pas encore condamné à mort.

Je rentre chez moi à pied. Je me souviens bien de la rue de Sèvres, une courbe légère avant la rue des Saints-Pères, et la rue du Dragon, on marche sur la chaussée, il n'y a pas d'autos.

Tout à coup la liberté est amère. Je viens de connaître la perte totale de l'espoir et le vide qui s'ensuit : on ne se souvient pas, ça ne fait pas de mémoire. Je crois éprouver un léger regret d'avoir raté de mourir vivante. Mais je continue à marcher, je passe de la chaussée au trottoir, et puis je reviens à la chaussée, je marche, mes pieds marchent.

Je ne sais plus quel restaurant c'est — c'était un restaurant de marché noir, fréquenté par des collaborateurs, des miliciens, la Gestapo. Ce n'était pas encore le restaurant de la rue Saint-Georges. Il croit, en m'invitant à manger, me maintenir dans une santé relative. Il me protège ainsi du désespoir, à ses yeux il est ma providence. Quel homme aurait résisté à ce rôle ? Il n'y résiste pas. Ces déjeuners sont le pire du souvenir, restaurants portes closes, les « amis » frappent à la porte, le beurre sur les tables, la crème fraîche déborde de tous les plats, les viandes ruisselantes, le vin. Je n'ai pas faim. Il est désespéré.

Un jour c'est au café de Flore qu'il me donne rendez-vous, comme d'habitude il n'est pas là quand j'arrive. Ni sur le boulevard ni à l'intérieur du café. Je m'assieds à la deuxième table à gauche en entrant. Il y a peu de temps que je connais Rabier. Il ne sait pas encore exactement où j'habite, mais il sait que j'habite le quartier de Saint-Germain-des-Prés. C'est pourquoi ce jour-là il choisit de me donner rendez-vous au Flore. Au Flore des existentialistes, le café à la mode.

Mais je suis devenue aussi prudente que lui en quelques jours, je suis devenue son flic, celui par lequel il mourra. Tout en grandissant, la peur corrobore cette certitude : il est entre mes mains.

J'avais eu le temps de prévenir. Deux amis se

promènent devant le Flore, ils ont pour mission de prévenir justement qu'il ne faut pas m'aborder. Je suis donc relativement tranquille. Je commence à être habituée à la peur de mourir. Ça paraît impossible. Je dirais plutôt comme ceci : je commençais à être habituée à l'idée de mourir.

Ce qu'il fait au Flore, jamais plus il ne le fera. Il pose son cartable sur la table. Il l'ouvre. Il sort un revolver de ce cartable. Il pose le cartable sur la table et il pose le revolver sur le cartable. Ces gestes, il les effectue sans un mot d'explication. Il prend ensuite entre sa ceinture de cuir et la poche de son pantalon une chaîne de montre, dirait-on, en or. Il me dit : « Regardez, c'est la chaîne des menottes, elle est en or. La clef aussi, elle est en or. »

Il rouvre le cartable et il sort la paire de menottes qu'il place près du revolver. Cela au Flore. C'est un grand jour pour lui, d'être vu là, avec la panoplie du parfait policier. Je ne sais pas ce qu'il cherche. Veut-il me faire courir le risque de la honte la plus grande, celui d'être vue à la même table qu'un agent de la Gestapo, ou veut-il simplement me convaincre qu'il est vraiment cela, et seulement cela, cette fonction-là, celle de donner la mort à ce qui n'est pas nazi. Il sort de son cartable un paquet de photographies, il en choisit une, la pose devant moi.

« Regardez cette photo », dit-il.

Je regarde la photo. C'est Morland. La photo est très grande, elle est presque grandeur nature.

François Morland me regarde lui aussi, les yeux dans les yeux, en souriant. Je dis :

« Je ne vois pas. Qui c'est ? »

Je ne m'y attendais pas du tout. À côté de la photo, les mains de Rabier. Elles tremblent. Rabier tremble d'espoir parce qu'il croit que je vais reconnaître François Morland. Il dit :

« Morland — il attend. Ce nom ne vous dit rien ?

— Morland...

— François Morland, c'est le chef du mouvement auquel appartenait votre mari. »

Je regarde toujours les photos. Je demande :

« Je devrais le connaître dans ce cas.

— Pas forcément.

— Vous avez d'autres photos ? »

Il en a une autre.

Je note : costume gris très clair, cheveux très courts, nœud papillon, moustache.

« Si vous me dites comment je peux trouver cet homme, votre mari sera libéré dans la nuit, il rentrera demain matin. »

Gris trop clair, moustache avant tout, cheveux trop courts. Costume croisé. Nœud papillon trop repérable.

Rabier ne sourit plus du tout, il tremble toujours. Je ne tremble pas. Du moment qu'il n'y va pas seulement de sa vie, on trouve ce qu'il faut dire. Je trouve ce qu'il faut dire et faire, je suis sauvée. Je dis : « Même si je le connaissais, ce serait dégoûtant de ma part de vous donner des renseignements pareils. Je ne comprends pas comment vous osez me demander ça. »

Cependant que je le lui dis, je regarde l'autre photo.

Son ton est moins convaincant : « C'est un homme qui vaut deux cent cinquante mille francs. Mais ce n'est pas pour cette raison. C'est très important pour moi. »

Morland est entre mes mains. J'ai peur pour Morland. Je n'ai plus peur pour moi. Morland est devenu mon enfant. Mon enfant est menacé, je risque ma vie pour le défendre. J'en suis responsable. Tout à coup, c'est Morland qui risque sa vie. Rabier continue :

« Je vous l'affirme, je vous le jure : votre mari quitterait Fresnes cette nuit même.

— Même si je le connaissais, je ne vous le dirais pas. »

Je regardai enfin les gens du café. Personne ne semblait avoir vu les menottes et le revolver sur la table.

« Mais vous ne le connaissez pas ?

— C'est ça, il se trouve que je ne le connais pas. »

Rabier remet les photos dans le cartable. Il tremble encore un peu, il ne sourit pas. C'est à peine une tristesse dans le regard mais brève, vite liquidée.

Je note aussi les nouvelles pour le faire rire, Robert L. Il rit, il éclate de rire. Je note la clef des menottes en or, la chaîne en or. J'entends l'éclatement du rire de Robert L.

Rabier avait déjà effectué vingt-quatre arrestations dans la période qui précède notre rencontre, mais il aurait voulu avoir beaucoup plus de mandats d'arrêt. Il aurait voulu arrêter quatre fois plus de monde et surtout du monde conséquent. Il voyait sa fonction policière comme une promotion. Jusque-là il avait arrêté des juifs, des parachutistes, des résistants de troisième zone. L'arrestation de François Morland aurait été un événement sans précédent aucun dans sa vie. Je suis sûre que Rabier voyait un lien possible entre l'arrestation de Morland et la librairie d'art. Dans son délire cette arrestation prestigieuse aurait pu valoir à son auteur une récompense de cet ordre-là. De la défaite allemande, Rabier ne tenait jamais aucun compte. Car si Rabier pouvait concevoir d'être maintenant un policier et demain le directeur d'une librairie d'art à Paris, son rêve, c'était par le biais d'une victoire allemande, car seule une société nazie franco-allemande régnante sur la France pouvait reconnaître ses services, le garder dans son sein.

Rabier me dit un jour qu'au cas où les Allemands seraient forcés d'évacuer Paris, éventualité à laquelle il ne croyait nullement, il resterait en France en mission secrète. C'est dans un restaurant je crois, entre deux plats, le ton est désinvolte.

Avec ce qui me reste d'argent j'achète trois kilos de haricots charançonnés et un kilo de beurre, il a encore augmenté, il vaut douze mille francs le kilo. Je fais cette dépense pour me maintenir en vie.

Nous nous voyons tous les jours, D. et moi. Nous parlons de Rabier. Je lui raconte ce qu'il dit. J'ai beaucoup de mal à lui décrire son imbécillité essentielle. Celle-ci l'enveloppe tout entier, sans marge d'accès. Tout relève d'elle chez Rabier, les sentiments, l'imagination et le pire de l'optimisme. Cela, dès son abord. Il se peut que je n'aie jamais rencontré quelqu'un d'aussi seul que ce pourvoyeur de morts.

Dans les photographies de groupe du C.C. du Soviet Suprême à Moscou, les assassins membres se présentent quant à moi dans la même solitude que Rabier, l'âme mangée aux mites, la solitude du choléra, moins encore, chacune son costard, chacune grelottante de la peur du voisin, de celle de l'exécution capitale de demain.

Il y avait dans le cas de Rabier quelque chose qui le rendait encore plus seul que d'autres. Outre la librairie d'art, Rabier devait attendre la fin d'un cauchemar. Mais de cela il ne m'a jamais parlé. Pour s'être affublé de l'identité d'un mort, pour avoir volé l'identité de ce jeune homme mort à Nice, il fallait qu'il se soit produit dans les années précédentes de la vie de Rabier un acte criminel, un épisode non résolu, et toujours passible de la justice. Il vivait sous un nom

114

d'emprunt. Sous un nom français. Et cela fait un homme encore plus seul que les autres hommes. Il n'y avait que moi qui écoutais Rabier. Mais Rabier n'était pas audible. Je parle de sa voix, de la voix de Rabier. Elle était montée sur pièces, calculée, une prothèse. Détimbrée, on aurait pu dire ce mot pour la qualifier, mais c'était beaucoup plus important que ça, plus énorme. Moi, c'était aussi parce que cette voix n'était pas audible que je l'écoutais avec cette attention. De temps en temps il lui arrivait d'avoir des traces d'accent. Mais quel accent ? Tout au plus aurait-on pu dire : « Comme des traces d'un accent allemand ? » C'était cela qui lui enlevait toute identité possible, cette étrangeté, celle qui filtrait de la mémoire et se répandait dans la voix. Personne ne parlait comme ça, qui avait eu une enfance et des camarades d'école dans un pays donné de naissance.

Rabier ne connaissait personne. Il ne parlait même pas à ses collègues, j'ai cru deviner que ceux-ci n'y tenaient pas. Rabier ne pouvait parler qu'avec des gens de la vie desquels il disposait, ceux qu'il envoyait dans les fours crématoires ou dans les camps de concentration ou celles restées là, en mal de nouvelles, leurs femmes.

S'il avait accordé un sursis de trois semaines au déserteur allemand c'était pour pouvoir pendant trois semaines parler avec quelqu'un, parler de lui-même, Rabier. J'ai été son erreur. Il aurait pu m'arrêter quand il voulait. Il a rencontré auprès de moi une audience que sans doute il n'avait jamais eue, inlassable. Cela le troubla si fort d'être à ce point écouté qu'il a fait des imprudences, d'abord bénignes et puis de plus en plus graves, mais qui devaient dans la plus simple logique le mener à l'exécution capitale.

La nuit je me réveille, dans la nuit le vide de l'absence est énorme, la peur traverse, terrible. Puis on se souvient que personne n'a de nouvelles encore. C'est plus tard lorsque les nouvelles commencent à arriver que l'attente commencera.

Rabier est marié à une jeune femme de vingt-six ans. Il a quarante et un ans. Il a un enfant qui doit avoir entre quatre et cinq ans. Il vit avec sa famille dans la proche banlieue parisienne. Chaque jour, il vient à Paris à bicyclette. Je crois n'avoir jamais su ce qu'il disait à sa femme sur l'occupation de son temps. Elle ignorait qu'il fût de la Gestapo. C'est un homme grand, blond, il est myope et il porte des lunettes cerclées d'or. Il a un regard bleu, rieur. Derrière ce regard on devine la santé dont le corps regorge. Il est très soigné. Chaque jour il change de chemise. Chaque jour ses souliers sont faits. Il a des ongles immaculés. Sa propreté est inoubliable, méti-culeuse, quasi maniaque. Il doit en faire une question de principe. Il est habillé comme un monsieur. Dans ce métier il faut avoir l'air d'un monsieur. Lui qui frappe, qui se bat, qui travaille avec les armes, le sang, les larmes, on dirait qu'il

opère en gants blancs, il a des mains de chirur-
gien.

À travers les premiers jours de la débandade
allemande, Rabier dit, avec le sourire : « Rommel
va contre-attaquer. J'ai des renseignements. »
Nous venons de quitter un café-tabac du côté
de la Bourse et nous marchons. Il fait beau. Nous
parlons de la guerre. Il fallait toujours parler,
sous peine de paraître triste. Je parle, je dis que
depuis plusieurs semaines le front de Normandie
piétine. Je dis que Paris est affamé. Que le kilo de
beurre vaut treize mille francs. Il dit : « L'Allemagne est invincible. »
Nous marchons. Il regarde bien toutes les
choses autour de lui, les rues vides, la foule sur les
trottoirs. Les communiqués sont formels, leur
front va craquer d'un jour à l'autre, le monde
entier attend cet instant, le premier recul. Il
regarde Paris avec amour, il le connaît très bien.
Dans des rues pareilles à celles-ci il a arrêté des
gens. À chaque rue, ses souvenirs, ses hurlements, ses cris, ses sanglots. Ces souvenirs ne font
pas souffrir Rabier. Ils sont les jardiniers de ce
jardin-là, Paris, de ces rues qu'ils adorent, maintenant exemptes de juifs. Il ne se souvient que de
ses bonnes actions, il n'a aucun souvenir d'avoir
été brutal. Quand il parle des gens qu'il a arrêtés,
il s'attendrit : tous ont compris la triste obligation
dans laquelle il était de le faire, ils n'ont jamais
fait de difficultés, tous, charmants.

« Vous êtes triste, je ne peux pas supporter que
vous soyez triste.

— Je ne suis pas triste.

— Si, vous l'êtes, vous ne dites rien.

— Je voudrais voir mon mari.

— Je connais quelqu'un à Fresnes qui peut avoir des nouvelles de lui, qui vous dira quel convoi il va prendre. Mais il faut lui donner de l'argent. »

Je dis que je n'ai pas d'argent mais que j'ai des bijoux, une bague en or avec une topaze très belle. Il me dit qu'on peut toujours essayer. Le lendemain je reviens avec la bague, je la lui remets. Le surlendemain Rabier me dit qu'il a remis la bague à la personne en question. Ensuite il ne m'en parle plus. Plusieurs jours se passent. Je le questionne sur le sort de la bague. Il me dit qu'il a essayé de revoir la personne en question mais en vain, il croit qu'elle ne doit plus travailler à Fresnes, qu'elle a dû repartir en Allemagne. Je ne demande pas si elle est partie avec la bague.

J'ai toujours cru que cette bague, Rabier ne l'avait jamais donnée, qu'il l'avait prise, qu'il avait inventé cette histoire de femme à Fresnes pour me garder, pour me faire croire que mon mari était encore là, accessible et qu'il pouvait toujours essayer de le joindre. Il ne pouvait pas me rendre la bague sans me dévoiler son mensonge.

Il a toujours avec lui ce cartable très beau, exceptionnellement beau. J'ai toujours pensé que c'était une « prise » qu'il avait faite lors d'une arrestation, ou d'une perquisition dans un appartement vide. Il n'y avait jamais rien d'autre dans son cartable que les menottes et le revolver. Aucun papier, jamais. Sauf cette fois-là, au Flore, les photographies de Morland.

Sur lui, dans les poches intérieures de sa veste, il porte deux autres revolvers de moindre calibre que celui qu'il a dans son cartable. D'après son défenseur, maître F., il lui arrive d'en porter encore deux autres, en sus de ces deux-là, toujours dans les poches intérieures de sa veste, faites à cet effet.

Ce port immodéré de revolvers est retenu en faveur de Rabier, à son procès.

« Regardez cet imbécile qui allait jusqu'à porter six revolvers sur lui », dit maître F., son avocat commis d'office.

Dans le box des accusés Rabier est seul. Il écoute attentivement. Tout ce qui est dit ici le concerne. Il ne dément pas les six revolvers. On parle de lui et le principal de ce qu'il a voulu dans la vie est atteint. On parle de Rabier, on le questionne et il répond. Il ne comprend pas lui-même pourquoi il porte six revolvers et les menottes en or et une chaîne et une clef en or. On ne le lui explique pas.

Il est seul dans le box des accusés. Il n'est pas inquiet, il est d'un courage qu'on pourrait dire surnaturel tellement il paraît indifférent à la mort qui l'attend. Il nous regarde avec amitié. Nous sommes les seuls D., lui et moi, à moins parler que les autres. Il dira de nous : « Ils ont été des ennemis loyaux. »

Je vais à Fresnes. Nous sommes de plus en plus nombreux à aller à Fresnes tous les matins pour essayer de savoir. Nous attendons devant la porte monumentale de la prison de Fresnes. Nous questionnons tous ceux qui sortent de là, aussi bien les soldats allemands que les femmes de ménage françaises. La réponse est toujours la même : « Je ne sais pas. Nous ne savons rien. »

Le long des lignes de chemin de fer que prenaient les convois des juifs et des déportés les gens trouvent quelquefois des noms écrits sur des petits morceaux de papier avec l'adresse à laquelle il faut les envoyer et le numéro des convois. Beaucoup de ces papiers arrivent à leur destinataire. Quelquefois un deuxième mot est joint au premier sur lequel est écrit l'endroit de France, d'Allemagne ou de Silésie où le premier papier a été trouvé. On se met à attendre ça aussi, ces billets jetés des fourgons. Pour le cas où.

La défense allemande de Normandie s'écroule. On essaye de savoir ce qu'ils vont faire de leurs prisonniers : s'ils vont hâter la déportation des *politiques* en Allemagne ou s'ils vont les fusiller avant de partir. Depuis quelques jours des autobus sortent de la prison, pleins d'hommes encadrés par des soldats en armes. Quelquefois ils crient des renseignements. Un matin, sur la plate-forme de l'un de ces autobus, je vois Robert L. Je cours, je demande où ils vont.

Robert L. crie. Je crois entendre le mot « Compiègne ». Je tombe évanouie. Des gens viennent vers moi. Ils me confirment qu'ils ont entendu le mot « Compiègne ». Compiègne est la gare de triage qui fournissait les camps. Sa sœur a déjà dû partir. Je crois qu'il y a moins de chance maintenant pour qu'il soit tué, du moment qu'il y avait encore des trains. J'apprendrai plus tard, sans doute par Morland, je ne sais plus bien, que je me trompais, que Robert L. était parti en Allemagne le dix-huit août dans le convoi des cas graves.

C'est le soir même que je dis à D. ma décision de livrer Rabier au Mouvement afin qu'ils fassent vite avant qu'il ait le temps de fuir.

La première chose à faire c'est que certains membres du mouvement identifient Rabier. Le temps presse tout à coup. J'ai peur de mourir. Tout le monde a peur de mourir. C'est une peur terrible. Nous ne connaissons pas les Allemands. Nous sommes dans la certitude que les Allemands sont des assassins. Je sais que Rabier peut me tuer comme un enfant le saurait. Ça se confirme chaque jour. Déjà si chaque jour il me téléphone, il est souvent plusieurs jours d'affilée « sans pouvoir me voir », dit-il. Ils doivent déménager les dossiers, j'imagine. Puis un jour il peut encore me voir. Il demande si je peux déjeuner avec lui. Je dis que oui. Comme d'habitude il me téléphone une demi-heure après pour me dire l'heure et l'endroit. D. me rappelle comme prévu. Il me dit que pour plus de sûreté ils seront deux à venir le reconnaître.

C'est un restaurant de la rue Saint-Georges près de la gare Saint-Lazare, presque exclusivement fréquenté par des agents de la Gestapo. Étant donné les nouvelles, Rabier craint sans doute de s'éloigner des siens.

Rabier m'attend comme d'habitude au-dehors du restaurant, au carrefour de la rue Saint-Georges et de la rue Notre-Dame-de-Lorette.

Il y a beaucoup de monde. L'endroit est assez sombre, composé de deux boxes d'égale grandeur dont l'un donne sur la rue. Les deux boxes sont séparés par une longue banquette en moleskine. Rabier et moi nous nous asseyons à la table du fond, dans le box qui donne sur la rue.

Ce n'est que lorsque je suis assise à côté de lui que je lève les yeux. Les camarades ne sont pas encore arrivés. C'est presque plein. Presque tous les gens ont des cartables calés sous leur bras. Rabier salue tout le monde. On lui répond à peine. Je suis confirmée dans l'idée que, même ici, parmi les siens, il est seul.

Je baisse les yeux de nouveau — les paupières de plomb empêchent le regard, abritent. J'ai honte et j'ai peur. Je simplifie : je suis seule ici à ne pas être employée à la police allemande. J'ai peur d'être tuée, j'ai honte de vivre. Je ne distingue plus. Ce qui me fait maigrir un peu plus chaque jour c'est aussi bien la honte que la peur et la faim. La peur pour Robert L. se limite à la peur de la guerre. On ne sait pas encore pour les camps. On est en août 1944. C'est au printemps seulement qu'on verra. L'Allemagne perd ses conquêtes, mais son sol est encore inviolé. Rien n'a encore été découvert des atrocités nazies. Ce qu'on craint pour les prisonniers, pour les déportés, c'est la fantastique débâcle qui s'annonce. Nous sommes encore purs de tout savoir sur ce qui s'est passé depuis 1933 en Allemagne. Nous sommes au premier temps de l'humanité, elle est là vierge, virginale, pour encore quelques mois. Rien n'est encore révélé sur l'Espèce Humaine. Je suis en proie à des sentiments élémentaires dont rien ne ternit la limpidité. J'ai honte de me tenir auprès de Pierre Rabier Gestapo, mais j'ai honte aussi d'avoir à mentir à ce Gestapo, ce chasseur de juifs. La honte va jusqu'à celle d'avoir peut-être à mourir par lui.

Les nouvelles sont mauvaises pour eux. Montgomery a crevé le front d'Arromanches dans la nuit. Rommel a été appelé d'urgence par le G.Q.G. du front de Normandie.

À la table à côté il y a un couple que Rabier, semble-t-il, connaît vaguement. Ils se mettent à parler de la guerre. Je baisse les yeux de nouveau ou je regarde la rue. Il m'est impossible sous peine — j'en ai le sentiment — de courir un très grand danger de me mettre à les regarder. Je crois tout à coup qu'ici on lit profond dans les yeux, dans le regard des gens, dans leurs sourires, dans leurs manières à table, et cela aussi naturel que l'on s'efforce de paraître. La dame de la table d'à côté dit, en s'adressant à Rabier et à moi : « Déjà, voyez-vous, ils sont venus cette nuit. Ils ont cogné dans la porte. On n'a pas demandé qui c'était, on n'a pas allumé. »

Je comprends que des membres de la Résistance sont venus chez ces gens cette nuit. Que la porte de leur appartement est blindée et qu'ils n'ont pas pu rentrer. Rabier a souri, il s'est tourné vers moi, il a parlé tout bas : « Elle, elle a peur. »

Il commande du vin. Ils ne sont toujours pas arrivés. Le vin change tout. La peur fond. Je lui demande :

« Et votre porte à vous ?

— Elle n'est pas blindée, moi je n'ai pas peur, vous le savez bien. »

Pour la première fois je lui parle de la femme évanouie qu'il tenait dans ses bras dans les couloirs de la Gestapo, lorsque je l'ai revu. Je dis que je sais qu'il s'agissait de la torture de la baignoire. Il rit comme il le ferait de la naïveté d'un enfant. Il dit que ce n'est rien, mais rien, que c'est tout juste désagréable, qu'on a exagéré là-dessus, beaucoup. Je le regarde. Déjà il a moins d'importance. Il n'est plus rien. Il n'est qu'un agent de la police allemande, plus personne. Je le vois tout à coup porté par une tragédie burlesque, crétine comme un mauvais devoir de rhétorique, déjà atteint par une mort de même acabit, elle-même dévaluée, pas véritable, comme aplatie. D. m'a dit qu'ils essayeraient de l'abattre dans les jours qui viennent. L'endroit est déjà choisi. Il faut faire vite avant qu'il ne quitte Paris.

La perspective de l'arrivée de D. dans ce restaurant n'est pas imaginable. Je crois que dès qu'ils entreront, si beaux, si jeunes, la police allemande les reconnaîtra. Et je crois qu'ils vont mal se comporter. La sorte de peur que je vis avec Rabier depuis des semaines, la peur de ne pas tenir tête à la peur — la sauvegarde est là, dans cette façon de dire — cette peur, eux ils ne la connaissent pas. Ce sont des innocents. À côté de Rabier et de moi ce sont des innocents, ils n'ont pratiqué la mort d'aucune façon.

Je dis à Rabier : « Les nouvelles ne sont pas bonnes pour vous. »

Il me sert de vin, encore et encore. Jamais il n'a fait ça, jamais moi non plus je ne bois de la sorte : dès le vin versé, je l'avale. Je dis : « Les nouvelles sont bonnes pour moi. »

Je ris. C'est le vin. C'est clair, c'est le vin. Je ne peux déjà plus ne pas boire davantage. Il me regarde. Il a dû mourir avec ce regard-là. Déjà il se sépare de tous, nimbé, déjà il est ce qu'il sera dans le box des accusés, il ne peut déjà plus en être autrement : un héros.

« Un jour, dit Pierre Rabier, je devais arrêter des juifs, nous sommes entrés dans l'appartement, il n'y avait personne. Sur la table de la salle à manger il y avait des crayons de couleur et un dessin d'enfant. Je suis reparti sans attendre les gens. » Il est allé jusqu'à me dire que dans le cas où il l'aurait sue, il m'aurait prévenue de mon arrestation. Je traduis : dans le cas où un autre que lui aurait eu mandat de m'arrêter. Ainsi est-il, d'une indifférence absolue à la douleur humaine, mais il se paye le luxe d'avoir certaines souffrances privatives, nous leur devons la vie, le petit juif et moi.

Je le regarde encore, avec le vin c'est de plus en plus fréquent. Il parle de l'Allemagne. Je ne peux pas partager sa foi. Elle est quant à lui inconnaissable, surtout pour les autres, les vaincus français. Je lui dis :

« C'est fini, fini. Dans trois jours Montgomery sera à Paris.

— Vous ne comprenez pas. C'est impossible. Notre force est inépuisable. Seuls les Allemands peuvent comprendre. »

Il va mourir de la raison des dieux. C'est ce que diront les journaux. Moi je dis : il va mourir d'ici trois nuits. Je me souviens tout à fait : j'ai regardé sa chemise neuve. Il était vêtu de son costume marron. Sa chemise était à col Danton, assortie au costume, d'un beige un peu doré. J'ai pensé que c'était dommage pour cette chemise neuve d'être ainsi tombée sur un condamné à mort. J'ai pensé encore une fois très fort, tout en le regardant très fort : « Je te dis que tu n'achèteras pas de chaussures cet après-midi parce que ce n'est pas la peine. » Il n'entend pas. Je pense qu'il est privé d'entendre la pensée, qu'il est privé de tout, qu'il n'a qu'à mourir.

Je pense que, s'il me force à boire comme ça,

c'est qu'il est déjà dans le désespoir de la défaite, c'est curieux qu'il ne le sache pas. Il croit qu'il me donne à boire pour essayer de me traîner dans un hôtel. Mais il ignore qu'il ne sait pas encore ce qu'il va faire avec moi dans cet hôtel, s'il va me prendre ou me tuer. Il dit : « Ah, que c'est terrible, vous avez encore maigri. *Je ne peux pas supporter ça.* »

Ce matin-là je ressens très nettement que c'est celui qui arrête des juifs et les expédie aux crématoires qui ne résiste pas au spectacle que j'offre à ses yeux, celui d'une femme maigre et souffrante — du moment qu'il en est cause. Il dira souvent que, s'il avait su, il n'aurait pas arrêté mon mari. Chaque jour il décidait de ma destinée, et chaque jour, s'il avait su, disait-il, ma destinée aurait été différente. Qu'il l'ait su ou non, avant ou après, ma destinée était entre ses mains. Ce pouvoir est conféré à la fonction policière. Mais d'habitude on est coupé de ses victimes, dans la police, lui en me connaissant il avait la confirmation de son pouvoir, il connaissait la chance merveilleuse d'entrer dans l'ombre de ses actes, de jouir de cette clandestinité de lui-même à lui-même.

Je m'aperçois tout à coup que ce qui règne dans le restaurant c'est une grande peur. C'est quand ma peur s'est dissipée que j'ai vu cette peur. Les quarante, cinquante personnes qui se trouvaient là étaient menacées de mort dans les quelques jours qui venaient. Une boucherie, déjà.

Je me souviens du vin, frais. Rouge. Je me souviens que lui n'en buvait pas.

« Vous ne connaissez pas l'Allemagne, ni Hitler. Hitler est un génie militaire. Je tiens de source sûre que d'ici deux jours d'énormes renforts vont arriver d'Allemagne. Ils auraient déjà passé la frontière. L'avance anglaise va être stoppée.

— Je ne le crois pas. Hitler n'est pas un génie militaire. »

J'ajoute : « J'ai des renseignements, moi aussi. Vous allez voir. »

La dame me désigne et demande : « Mais qu'est-ce qu'elle dit ? »

Rabier se retourne vers elle. Il est froid tout à coup, distant.

« Elle n'a pas les mêmes points de vue que nous sur la guerre », dit Rabier.

La femme ne comprend pas ce que Rabier dit ni pourquoi il a ce ton si dur tout à coup.

Je les vois dans la rue poser leur vélo. C'est D. Pour le deuxième ils ont choisi une jeune fille. Je baisse les yeux. Rabier les regarde, puis il les quitte des yeux, il ne s'aperçoit de rien. Elle doit avoir dix-huit ans. C'est une amie. Je les verrais traverser un brasier avec moins d'émotion. Ils traversent le restaurant. Ils cherchent une table. Il y a très peu de tables libres. Ils doivent commencer à avoir peur de ne pas trouver de table. Je les vois sans les regarder. Je bois. Voici, ils trouvent une table. Elle est à deux tables de la nôtre, face à la nôtre. Je remarque qu'il y en avait une autre un peu plus loin, ils ne l'ont pas prise, ils ont donc choisi celle qui est la plus près. Ils sont déjà peut-être possédés par leur rôle, habités par l'imprudence, la turbulence des enfants. Je balaie leurs visages du regard, je vois la joie qu'ils ont dans les yeux. Ils la voient de même dans mes yeux.

Rabier parle : « Hier, voyez-vous, j'ai arrêté un jeune homme de vingt ans, du côté des Invalides. La mère de ce jeune homme était là. C'était terrible. Nous avons arrêté ce jeune homme en présence de sa mère. »

Un garçon est venu à leur table, ils lisent le menu. Je mange, je ne sais plus ce que c'est. Rabier continue : « C'était terrible. Elle hurlait cette femme. Elle nous expliquait que son enfant était un bon enfant, qu'elle, sa mère, elle le savait, qu'il fallait la croire, elle. Mais vous voyez, lui, l'enfant, il ne disait rien. »

Un violoniste arrive dans le restaurant. Tout va être plus simple. Je reprends :

« Et l'enfant, lui, ne disait rien ?

— Rien. C'était extraordinaire. Il était très calme. Il essayait de consoler sa mère avant de nous suivre. Ah ! Il était tellement plus près de nous que de sa mère, c'était extraordinaire. »

Ils appellent le violoniste. J'attends, je ne réponds pas à Rabier. Voici : c'est un air que je connais, qu'on chantait ensemble quand on se retrouvait. J'ai le fou rire, je ne peux plus m'arrêter du tout. Rabier me regarde sans comprendre.

« Qu'est-ce que vous avez ?

— C'est la fin de la guerre. Ça y est, c'est la fin, la fin de l'Allemagne. C'est le plaisir. »

Il me sourit encore gentiment et il me dit cela qui est inoubliable. Et adorable aussi si on est nazi :

« Je comprends que vous, vous l'espériez. Voyez-vous je le comprends tout à fait. Mais ce n'est pas possible.

— L'Allemagne a perdu, c'est fini. »

Je ris, je ne peux plus m'arrêter. Eux aussi rient, là-bas. Le violoniste s'en donne à cœur joie. Rabier dit : « Vous êtes gaie, ça me fait quand même plaisir. »

Je dis : « Vous auriez pu laisser ce jeune homme tranquille, le dernier jour avant la fin, qu'est-ce que ça pouvait vous faire. Vous l'avez tué pour vous prouver que la guerre n'était pas finie, c'est ça ? »

Voici ce que nous savions déjà, D. et moi :

« Ce n'est pas ça. La guerre ne s'arrêtera pas pour des gens comme moi. Je continuerai à servir l'Allemagne jusqu'à la mort. Je ne quitterai pas la France, si vous voulez savoir.

— Vous ne pourrez pas rester en France. »

Je n'ai jamais encore parlé de la sorte. Je lui avoue en quelque sorte qui je suis. Et il ne veut pas l'entendre.

« L'Allemagne ne peut pas perdre, vous le savez bien au fond. Dans deux jours vous allez voir la surprise.

— Non. C'est fini. Dans deux jours ou trois jours ou quatre jours, Paris sera libre. »

La dame à côté entend tout ce que nous disons, malgré le violon. La peur m'a quittée. Sans doute le vin. La dame crie :

« Mais qu'est-ce qu'elle veut dire ?

— Nous avons arrêté son mari, dit Rabier.

— Ah ! c'est ça...

— C'est ça, dit Rabier, elle est française. »

Beaucoup de ces gens regardent mes amis, ces amoureux tout à coup surgis dans leur lieu. Ils ne cherchent pas, semble-t-il, à savoir qui c'est. Ils sourient, réconfortés : la mort n'est donc pas aussi près.

Le violoniste reprend la chanson devant les deux amoureux égarés. Je m'aperçois qu'il n'y a qu'eux et moi qui n'ayons pas peur. Les chansons jouées par le violoniste sont récentes. Des chansons de l'Occupation allemande. Pour eux déjà poignantes. Révolues. Déjà le passé. Je demande à Rabier :

« Les portes blindées, c'est efficace ?

— C'est cher — il sourit encore — mais c'est efficace. »

La dame de la Gestapo me regarde, fascinée, elle voudrait savoir quelque chose sur la fin. Je viens d'un pays lointain pour elle, je viens de la France. Je crois qu'elle voudrait me demander si c'est vraiment la fin. Je demande :

« Qu'est-ce que vous allez faire ?

— J'ai pensé à une petite librairie, dit Rabier. La bibliophilie m'a toujours passionné, peut-être pourriez-vous m'aider. »

J'essaye de le regarder en face, je n'y arrive pas. Je dis : « Qui sait ? »

Je me souviens tout à coup d'une chose qu'on m'a dite sur la peur. Que sous les rafales de mitraillettes on perçoit l'existence de la peau de son corps. Un sixième sens qui se fait jour. Je suis ivre. Il s'en faut de très peu pour que je lui dise qu'on va l'abattre. D'un verre de vin, peut-être seulement. Une facilité à vivre m'habite tout à coup, comme lorsque l'on plonge dans la mer en été. Tout devient possible. Pour ne pas le tromper, lui, le donneur. Lui dire ça, qu'on va l'abattre. Dans une rue du sixième arrondissement. Peut-être est-ce simplement la perspective de la réprimande par D. qui me fait éviter de le renseigner.

On a quitté le restaurant.

Tous les deux à bicyclette. Lui en avant de moi de quelques mètres. Je me souviens comme il pédalait. Calmement. Un routier de Paris. Autour de ses chevilles il y a des menottes en fer, ça me fait rire. Son cartable est sur le porte-bagages étranglé par une courroie.

Je lève la main droite une seconde et je fais mine de le viser, bing !

Il pédale toujours dans l'éternité. Il ne se retourne pas. Je ris. Je le vise derrière la nuque. On va très vite. Son dos s'étale, très grand, à trois mètres de moi. Impossible de le rater tellement c'est grand, bing! Je ris, je rattrape le guidon pour ne pas tomber. Je vise très bien, le milieu du dos me paraît plus sûr, bing!

Il s'arrête. Je m'arrête derrière lui. Puis, je viens près de lui. Il est pâle. Il tremble. Enfin. Il le dit très bas : « Venez avec moi, j'ai un ami qui a un studio tout près d'ici. On pourrait prendre un verre ensemble. »
C'était un grand carrefour, celui de Châteaudun, je crois. Il y avait beaucoup de monde, on était noyés dans la foule des trottoirs.

« Une minute, supplie Rabier, venez une minute. »
Je dis : « Non. Une autre fois. »
Il savait que je n'accepterais jamais. Il l'avait demandé pour l'avoir demandé, comme avant de dire adieu. Il était dans une grande émotion, mais sans conviction véritable. La peur déjà qui l'occupait trop. Et disons, le désespoir.
Il abandonne brusquement la partie. Il rentre sous une voûte et s'éloigne de son pas de fonctionnaire.
Il ne m'a plus jamais téléphoné.

À onze heures du soir, à quelques jours de là, la Libération de Paris est arrivée. Il a dû entendre lui aussi le vacarme prodigieux de toutes les cloches des églises de Paris, et voir aussi peut-être la foule tout entière dehors. Cet inexprimable bonheur. Et puis sans doute est-il allé se cacher dans la bauge de la rue des Renaudes. Sa femme et son fils déjà partis en province, il est seul. Sa femme appelée pour le procès — insignifiante et belle dit un témoin — a dit tout ignorer de ses activités policières.

On a essayé de le soustraire à l'appareil judiciaire et de le tuer nous-mêmes, de lui éviter d'en passer par la filière habituelle des Assises. L'endroit était même prévu, boulevard Saint-Germain, je ne sais plus où précisément. On ne l'a pas trouvé. On a donc prévenu la police de son existence. La police l'a retrouvé. Il était dans le camp de Drancy, seul.

Au procès j'ai témoigné deux fois. La deuxième fois j'avais oublié de parler de l'enfant juif épargné. J'ai demandé à être entendue de nouveau. J'ai dit que j'avais oublié de dire qu'il avait sauvé une famille juive, j'ai raconté l'histoire du dessin de l'enfant juif. J'ai dit aussi avoir appris entre-temps qu'il avait également sauvé deux femmes juives qu'il avait fait passer en zone libre. Le procureur général a hurlé, il m'a dit : « Il faudrait savoir ce que vous voulez, vous l'avez accablé, maintenant vous le défendez. On n'a pas de temps à perdre ici. » J'ai répondu que je voulais dire la vérité, afin qu'elle ait été dite pour le cas où ces deux faits auraient pu lui éviter la peine de mort. Le procureur général m'a demandé de sortir, il était excédé. La salle a été contre moi. Je suis sortie.

J'ai appris au procès de Rabier qu'il avait mis ses économies dans l'achat d'éditions originales. De Mallarmé, Gide, et aussi Lamartine, Chateaubriand, de Giraudoux aussi peut-être : des livres qu'il n'avait jamais lus, qu'il ne lirait jamais, qu'il avait peut-être essayé de lire mais sans y parvenir. Ce renseignement sur Rabier fait à lui seul, à mes yeux, tout autant que son métier, cet homme que j'ai connu. Ajouté à son air de monsieur, à sa foi dans l'Allemagne nazie, et aussi à ses bontés d'occasion, à ses distractions, à ses imprudences, à cet attachement à moi aussi peut-être, moi par qui il mourra.

Et puis Rabier m'est sorti tout à fait de l'esprit. Je l'ai oublié.

Il a dû être fusillé pendant l'hiver 1944-1945. Je ne sais pas où ça s'est passé. On m'a dit : dans la cour de la prison de Fresnes sans doute, comme d'habitude.

Avec l'été, la défaite allemande est arrivée. Elle a été totale. Elle s'est étendue sur toute l'Europe. L'été est arrivé avec ses morts, ses survivants, son inconcevable douleur réverbérée des Camps de Concentration Allemands.

Albert des Capitales

Ter le milicien

Ces textes auraient dû venir à la suite du Journal de La douleur, *mais j'ai préféré les en éloigner pour que cesse le bruit de la guerre, son fracas.*

Thérèse c'est moi. Celle qui torture le donneur, c'est moi. De même celle qui a envie de faire l'amour avec Ter le milicien, moi. Je vous donne celle qui torture avec le reste des textes. Apprenez à lire : ce sont des textes sacrés.

Albert des Capitales

Deux jours étaient passés depuis la première jeep, depuis la prise de la Kommandantur de la place de l'Opéra. C'était dimanche.

À cinq heures de l'après-midi, le garçon d'un bistrot voisin de l'immeuble où se tenait le groupe Richelieu était arrivé en courant : « Il y a chez moi un type qui travaillait avec la police allemande. Il est de Noisy. Je suis aussi de Noisy. Tout le monde le sait là-bas. Vous pouvez encore l'avoir. Mais il faut aller vite. »

D. avait délégué trois camarades. La nouvelle courait.

Depuis des années on en entendait parler, les premiers jours on avait cru en voir partout. Celui-ci serait le premier qu'on verrait peut-être en toute certitude. Enfin on avait le temps de se faire une certitude. Et de voir comment c'était fait un donneur. La curiosité était intense. On était déjà plus curieux de ce qu'on avait vécu aveuglément sous l'Occupation que de ce que l'on vivait d'extraordinaire depuis une semaine, depuis la Libération.

Les hommes avaient envahi le hall, le bar, l'entrée. Depuis deux jours, ils ne se battaient plus, il n'y avait plus rien à faire au groupe. Que dormir, manger, commencer à s'engueuler à propos des armes, des voitures, des filles. Certains partaient le matin en voiture de plus en plus loin pour chercher la bagarre encore possible, ils rentraient la nuit.

Il était arrivé, encadré par les trois camarades. On l'avait fait entrer dans le « bar ». On appelait ainsi une sorte de vestiaire avec un comptoir derrière lequel on avait distribué les vivres pendant l'insurrection. Pendant une heure, il était resté debout au milieu du bar. D. examinait ses papiers. Les hommes, eux, le regardaient. S'approchaient. Le regardaient avec intensité. L'insultaient. « Fumier. Ordure. Salaud. »

Cinquante ans. Il louche un peu. Il porte des lunettes. Il a un col dur, une cravate. Il est gras, court, il est mal rasé. Ses cheveux sont gris. Il sourit tout le temps, comme s'il s'agissait d'une blague.

Dans ses poches, il y a une carte d'identité, une photographie de vieille femme, sa femme, sa photographie à lui, huit cents francs, un carnet d'adresses pour la plupart incomplètes, des noms, des prénoms, des numéros de téléphone. D. remarque la fréquence d'une indication curieuse qui prend un sens de plus en plus familier à mesure qu'il avance dans la lecture de l'agenda. Il le montre à Thérèse. De loin en loin au début, on trouve l'indication complète :

ALBERT DES CAPITALES. Ensuite : ALBERT ou CAPITALES, seuls. À la fin du carnet, à chaque page, seulement : CAP ou AL.

« Qu'est-ce que ça veut dire ça, Albert des Capitales ? », demande D.

Le donneur regarde D. Il a l'air de chercher. L'air de quelqu'un de bonne foi qui est sincèrement ennuyé de ne pas trouver, qui voudrait bien trouver, qui cherche avec toute sa bonne foi.

« Albert des quoi ? demande le donneur.

— Albert des Capitales.

— Albert des Capitales ?

— Oui, Albert des Capitales », dit D.

D. a posé le carnet sur le comptoir. Il s'approche du donneur les mains vides. Il le fixe, calme. Thérèse prend l'agenda, elle le feuillette rapidement. Le onze août, pour la dernière fois : AL. On est le vingt-sept. Elle repose le carnet et, à son tour, fixe le donneur. Les camarades se sont tus. D. est face au donneur.

« Tu ne te rappelles pas ? », demande D.

Il se rapproche encore un peu plus du donneur.

Le donneur recule. Ses yeux se troublent.

« Ah ! oui, dit le donneur, que je suis bête ! C'est Albert, le garçon des Capitales, un café près de la gare de l'Est... J'habite Noisy-le-Sec, alors, forcément, il m'arrive d'aller prendre un verre aux Capitales en descendant du train... »

D. revient près du comptoir. Il envoie un type chercher le garçon du bistrot voisin. Le type revient. Le garçon est déjà rentré chez lui. Tout le bistrot est au courant. Mais il n'a rien raconté de précis.

« Comment est-il cet Albert ? demande D. au donneur.

— C'est un petit blond. Bien gentil », dit le donneur en souriant, conciliant.

D. se retourne vers les camarades qui se tiennent dans l'entrée du bar.

« Prenez la 302, filez tout de suite », dit D.

Le donneur regarde D. Il cesse de sourire. Tout d'abord il a l'air hébété, puis il se reprend.

« Non, monsieur, vous faites erreur... Vous vous trompez, monsieur... »

Derrière : « Salaud. Fumier. Tu rigoleras pas longtemps. Salaud. T'en fais pas pour ta gueule. Ordure. »

D. continue à fouiller. Un paquet de Gauloises à moitié vide, un morceau de crayon, un stylo-mine neuf. Une clef.

Trois hommes sont partis. On entend le démarrage de la 302.

« Vous vous trompez, monsieur... »

D. fouille. Le donneur sue. Il a l'air de ne vouloir s'adresser qu'à D., sans doute parce que D. a l'air poli, il n'injurie pas. Il s'exprime correctement, avec recherche. C'est visible. Il cherche à se mettre du bord de D., à se distinguer des autres camarades par ses façons, il cherche vaguement une complicité, il cerne le frère de classe possible.

« Il y a une erreur sur la personne. Je ne ris pas, monsieur, croyez-moi, je n'ai pas envie de rire. »

Il n'y a plus rien dans ses poches. Tout ce qu'on a trouvé est sur le comptoir.

« Mettez-le dans la pièce qui est près de la comptabilité », dit D.

Deux camarades s'approchent du donneur. Le donneur implore D. du regard : « Monsieur, je vous assure, je vous en supplie... »

D. se rassied, reprend le carnet et le regarde.

« Allez, amène-toi, dit un camarade, puis fais pas le mariole... »

Le donneur sort avec les deux camarades. Un des camarades siffle dans le fond du bar un air vif, heureux. La plupart sortent du bar et se groupent à l'entrée pour attendre la 302. D. reste seul dans le bar avec Thérèse.

De temps en temps une rafale de mitraillette part dans le lointain. On a pris l'habitude du repérage : ça vient de la Bibliothèque Nationale, de l'angle du boulevard des Italiens. Les camarades parlent des donneurs et du sort qui les attend. Quand le bruit d'une auto se précise, ils se taisent et ils sortent. Non, ce n'est pas la 302. L'un d'entre eux siffle, toujours le même, toujours le même air vif, heureux.

Du boulevard des Italiens, une rumeur arrive, sourde, un piétinement continu de moteurs, de bravos, de chants, de cris de femmes, de cris d'hommes, tout est mélangé, fondu, épais. Depuis deux jours et deux nuits, une vaste coulée de miel.

« L'important, dit Thérèse à D., c'est de savoir si ce type est vraiment un donneur. On va perdre du temps avec Albert des Capitales, puis les naphtalinés vont s'amener et puis nous on sera baisés parce qu'ils ne lui feront rien avouer, ils le relâcheront. Ou bien ils diront qu'il peut être utile. »

D. dit qu'il faut être patient.

Thérèse dit qu'il ne faut plus être patient, qu'on l'a assez été.

D. dit qu'il ne faut jamais être impatient que, plus que jamais il faut être patient.

D. dit qu'en partant d'Albert des Capitales, on arriverait à prendre la chaîne, maillon par maillon. Il dit que le donneur, c'est peu de chose, un pauvre type, payé à la pièce, à la tête. Que ceux qu'il faudrait avoir c'était les responsables qui dans les bureaux signaient l'arrêt d'exécution de centaines de juifs, de résistants. Et cela, à raison de cinquante mille francs par mois. C'était ceux-là qu'il fallait avoir d'après D.

Thérèse écoute vaguement. Elle regarde l'heure.

Il y a huit jours, un soir, Roger, l'autre chef de groupe, était rentré à la cantine en annonçant qu'ils avaient fait sept prisonniers allemands. Il avait raconté comment. Il avait dit qu'ils les avaient mis sur de la paille fraîche et qu'ils leur avaient fait distribuer de la bière. Thérèse était sortie de table en insultant Roger. Elle prétendait qu'elle aurait voulu qu'on tue les prisonniers allemands. Roger avait ri. Tout le monde avait ri. Tout le monde était de l'avis de Roger : il ne fallait pas maltraiter les prisonniers allemands, c'étaient des soldats qui avaient été pris en combattant. Thérèse était sortie de la cantine. Tout le monde avait ri mais depuis on la tenait un peu à l'écart. Sauf D.

C'est la première fois qu'elle se trouve avec D. depuis l'autre soir. D. pour une fois ne fait rien. Il attend la 302. Il fixe la porte d'entrée, il attend Albert des Capitales. Thérèse est assise en face de lui.

« Tu crois que j'avais tort l'autre soir ? demande Thérèse.

— Quand ?

— À propos des prisonniers allemands.

— Bien sûr tu avais tort. Les autres aussi, ils avaient tort de t'en vouloir. »

D. tend son paquet de cigarettes à Thérèse.

« Tiens... »

Ils allument leurs cigarettes.

« Tu veux l'interroger toi ? demande D.

— Comme tu voudras. Je m'en fous, dit Thérèse.

— Bien sûr », dit D.

L'auto. Les trois camarades descendent, seuls. D. sort.

« Alors ?

— Tu parles, foutu le camp depuis quinze jours. En vacances qu'ils disent...

— Merde ! »

D. entre à la cantine du premier étage. Thérèse le suit. Les hommes finissent de dîner. Thérèse n'a pas dîné, ni D.

« Faudrait s'occuper de ce type », dit D.

Les hommes s'arrêtent et regardent Thérèse et D. C'est Thérèse qui va interroger le donneur, c'est couru. Rien à dire.

Thérèse se tient derrière D. un peu pâle. Elle a un air méchant, elle est seule. Depuis la Libération ça se voit davantage. On ne l'a jamais vue au bras de personne depuis qu'elle est au centre. Pendant l'insurrection elle s'est dépensée sans compter, non sans gentillesse mais sans tendresse. Elle était distraite, seule. Elle attend un homme qui peut-être a été fusillé. Ce soir ça se voit particulièrement.

Dix d'entre les camarades se lèvent et vont vers D. et Thérèse. Ils ont tous de bonnes raisons de s'occuper du donneur, même ceux qui l'autre soir ont le plus ri. D. en choisit deux qui sont passés par Montluc et qui ont dérouillé. Rien à dire. Personne ne proteste mais personne ne se rassied. Ils attendent.

« Je mange quelque chose, dit D., je vous rejoins tout de suite. Tu as bien compris, Thérèse ? Avant tout, l'adresse d'Albert des Capitales, ou de ceux qu'il rencontrait le plus souvent. Il faut avoir la filière. »

Thérèse et les deux de Montluc, Albert et Lucien, sortent de la cantine. Les autres les suivent machinalement, aucun n'a pu se décider à se rasseoir. Il n'y a d'électricité que dans une partie de l'immeuble alimentée par les moteurs de l'imprimerie. C'est trop loin, et sans doute occupé. Il faut descendre au bar chercher une lampe-tempête. Thérèse descend avec les deux de Montluc. Les autres descendent aussi, en groupe, toujours un peu en arrière. Après avoir pris la lampe, ils remontent l'escalier secondaire qui mène à la comptabilité jusque dans un couloir vide. C'est là. L'un des camarades de Montluc ouvre avec la clef que lui a remise D. Thérèse entre la première. Les deux de Montluc entrent derrière elle et ferment sur eux. Les autres sont restés dans le couloir. Pour le moment, ils n'essayent pas de rentrer.

Assis sur une chaise, près de la table, le donneur. Il devait avoir la tête dans les bras quand il a entendu le bruit dans la serrure. Maintenant il est redressé. Il se tourne à demi pour regarder les gens qui entrent. Il cligne des yeux, ébloui par la lueur de la lampe-tempête. Lucien la pose au milieu de la table, dirigée vers lui, l'homme.

La pièce est presque vide, meublée seulement de deux chaises et d'une table. Thérèse prend la deuxième chaise et s'assied de l'autre côté de la table, derrière la lampe. Le donneur reste assis dans la lumière. Les camarades derrière lui l'encadrent, debout dans la pénombre.

« Déshabille-toi, et en vitesse, dit Albert, on n'a pas de temps à perdre avec ta peau. »

Albert est encore trop jeune pour ne pas jouer un peu au dur.

Le donneur se lève. Il a l'air de quelqu'un qui se réveille. Il enlève sa veste. Sa figure est blafarde, il est très myope, il ne doit presque rien y voir malgré ses lunettes. Ses gestes sont très lents.

Thérèse trouve que le camarade parle faux. Au contraire de ce qu'il dit ils ont tout le temps.

Il pose la veste sur la chaise. Les camarades attendent toujours de chaque côté de lui. Ils se taisent, le donneur aussi, Thérèse aussi. Derrière la porte fermée, des chuchotements. Il met du temps à poser sa veste sur la chaise, il le fait avec soin. Lentement, il obéit. Il lui est impossible de faire autrement.

Thérèse se demande si c'est bien utile de le faire déshabiller. Maintenant qu'il est là, ce n'est plus si urgent. Rien, elle ne ressent plus rien, ni haine ni impatience. Rien. Ce qu'il y a c'est que c'est long. Le temps est mort pendant qu'il se déshabille.

Elle ne sait pas pourquoi elle ne sort pas. L'idée de sortir lui vient et elle ne sort pas. Pourtant maintenant c'est inévitable. Il faudrait remonter bien loin pour savoir pourquoi, pourquoi c'est elle, Thérèse, qui va s'occuper de ce donneur. D. le lui a donné. Elle l'a pris. Elle l'a. Cet homme rare, elle n'a plus envie de cet homme rare. Elle a envie de dormir. Elle se dit : « Je dors. » Il enlève son pantalon et le pose sur sa veste, avec le même soin. Son caleçon est fripé, gris. « Il faut bien être quelque part à faire quelque chose », se dit Thérèse. Maintenant, c'est là que je suis, dans une pièce noire, enfermée avec Albert et Lucien, les deux de Montluc, et ce donneur de juifs et de résistants. Je suis au cinéma. Elle y est. Une fois, elle s'est trouvée sur le quai de la Seine, c'était à deux heures de l'après-midi, un jour d'été et on l'a embrassée et on lui a dit qu'on l'aimait. Elle y était, elle le sait encore. Tout porte un nom : c'était le jour où elle a décidé de vivre avec un homme. Aujourd'hui, qu'est-ce que c'est ? Qu'est-ce que ça sera ? Bientôt elle sera rue Réaumur, au journal, à faire son métier. On croit que ce sont des choses extraordinaires. C'est comme le reste. Comme le reste, ça vous arrive. Ensuite ça vous est arrivé. Ça pourrait arriver à n'importe qui.

Accoudée à la table, Thérèse regarde. Il enlève ses souliers. Les camarades regardent. Le plus âgé c'est Lucien, il a vingt-cinq ans. Il est garagiste à Levallois. On ne l'aime pas beaucoup au centre. Il s'est bien bagarré mais quand il racontait, il en remettait. Un bavard. L'autre c'est Albert, il est manœuvre dans une imprimerie, il a dix-huit ans, de l'Assistance, un des plus courageux pendant la bagarre. Il vole toutes les armes qu'il trouve. Il a volé le revolver de D. Il est petit, court. Un gars qui a mal mangé, qui a travaillé trop jeune, quatorze ans en 40. D. ne lui en veut pas d'avoir volé son revolver, il dit que c'est normal, qu'il faut laisser les armes de préférence à ceux-là. Thérèse regarde Albert. C'est un drôle de gars au fond, Albert. Avec les Allemands, c'était le plus terrible, lui il ne disait pas tout ce qu'il leur faisait. Un jour de la semaine dernière il a incendié un char allemand à la bouteille d'essence place du Palais-Royal. La bouteille s'est cassée sur le crâne de l'Allemand qui a brûlé vif. Les chaussettes du donneur sont trouées, il en sort un gros orteil à l'ongle noir. Il a les chaussettes de quelqu'un qui n'est pas rentré chez lui depuis plusieurs jours et qui a marché. Il a dû marcher la trouille au cul, depuis des jours et puis il est revenu au bistrot, c'est forcé, on revient au bistrot où on vous connaît. Et puis on est arrivé. Il a été « fait ».

Ils lui ont fait enlever jusqu'à ses chaussettes comme sans doute on leur a fait enlever les leurs à Montluc. C'est un peu bête, pense Thérèse, ils sont un peu bêtes les copains. Bêtes, mais ils n'ont pas parlé à Montluc, pas un mot. D. l'a su par d'autres camarades, c'est pourquoi il les a désignés ce soir. Ça fait dix jours, plus que ça, dix jours et dix nuits que Thérèse vit avec eux, qu'elle leur donne du vin, des cigarettes, des bouteilles d'essence. Quelquefois, ils s'étaient parlé dans la fatigue, de la bagarre, des Allemands dans les chars, de leur famille, des copains. Quand ils ne rentraient pas, on les attendait, on ne dormait pas. Lundi dernier on avait attendu Albert, toute la nuit.

Le donneur enlève ses chaussettes, toujours ses chaussettes qui lui collent aux pieds. C'est long.

« Plus vite que ça », dit enfin Albert.

Jusqu'ici Thérèse n'avait pas encore remarqué la voix un peu grêle, sèche, d'Albert. Elle se demande pourquoi elle l'a tant attendu l'autre nuit. Pendant la bagarre, tout le monde attendait tout le monde de la même façon. On se gardait d'avoir une préférence. Maintenant on va recommencer. On va recommencer, on va préférer.

Voilà c'est la cravate qu'il enlève. C'est vrai, la cravate. Pas deux façons de l'enlever. On tend le cou de côté, on tire un bout sans défaite le nœud. Le donneur enlève sa cravate comme les autres.

Le donneur a une cravate. Il l'avait encore il y a trois mois. Il y a une heure. Une cravate. Et des cigarettes. Et un apéritif vers les cinq heures de l'après-midi. Il y en a des différences entre les hommes. Thérèse regarde le donneur. C'est rare qu'elles soient aussi apparentes que ce soir, un vertige. Celui-là allait rue des Saussaies, il montait un escalier, il frappait à une certaine porte, puis il disait qu'il avait le signalement : grand, brun, vingt-six ans, l'adresse, les heures. ON LUI REMETTAIT UNE ENVELOPPE. IL DISAIT MERCI MONSIEUR PUIS IL ALLAIT BOIRE UN APÉRITIF AU CAFÉ LES CAPITALES.

Thérèse dit : « On t'a dit de te dépêcher. »

Le donneur lève la tête. Puis avec un retard, d'une petite voix qu'il voudrait enfantine :

« Je me dépêche autant que je peux, croyez-moi... Mais pourquoi... »

Il s'interrompt de lui-même. Il entrait rue des Saussaies. Sans attendre, jamais. L'envers de son col est sale. Jamais il n'a attendu, jamais. Ou alors on le faisait asseoir comme chez des amis. Sa chemise est sale sous son col blanc. Un donneur. Les deux gars lui arrachent son caleçon ; il trébuche et il tombe dans le coin de la pièce comme un gros paquet, avec un bruit sourd.

Roger ne lui parle presque plus depuis qu'ils se sont engueulés à propos des prisonniers allemands. Il y en a d'autres. Il n'y a pas que Roger.

Au loin les derniers tireurs des toits. C'est fini. La guerre est sortie de Paris. Partout, sous les portes cochères, dans les rues, dans les chambres d'hôtel, pleines, la joie. Partout des petites comme elle avec ces soldats qui ont débarqué. Partout, beaucoup d'autres pour qui c'est fini, la tristesse désœuvrée. Mais pour elle, ce n'est pas fini. Ni la joie ni la tristesse douce de la fin ne sont possibles. Pour elle, son rôle c'est d'être ici, seule avec ce donneur et les deux de Montluc, enfermée avec eux dans cette chambre fermée.

Maintenant il est nu. C'est la première fois de sa vie qu'elle se trouve avec un homme nu sans que ce soit pour l'amour. Il est debout, appuyé à la chaise, les yeux baissés. Il attend. Il y en a d'autres qui seraient d'accord, d'abord il y a ces deux-là, ces deux camarades, puis d'autres, c'est sûr, d'autres qui ont attendu et qui n'ont rien reçu encore et qui attendent toujours et qui ont perdu l'usage de la liberté parce qu'ils attendent toujours.

Maintenant ses affaires sont sur la chaise. Il tremble. Il tremble. Il a peur. Peur de nous. De nous qui avions peur. De ceux qui avaient eu peur il avait très peur.

Maintenant il est nu.

« Tes lunettes ! », dit Albert.

Il les enlève et les pose sur ses affaires. Il a de vieux testicules flétris, à hauteur de la table. Il est gras et rose dans la lueur de la lampe-tempête. Il a une odeur, celle de la chair mal lavée. Les deux gars attendent.

« C'était trois cents francs pour un prisonnier de guerre, c'est ça ? »

Le donneur geint pour la première fois.

« Et pour un juif, combien ?

— Puisque je vous dis que vous vous trompez...

— Ce qu'on veut, dit Thérèse, c'est que tu nous dises d'abord où se trouve Albert des Capitales, et ensuite ce que tu faisais avec lui, qui tu voyais avec lui. »

Il pleurniche sans larmes.

« Puisque je vous dis que je le connaissais pas plus que ça. »

La porte de la pièce s'ouvre. Tous les autres entrent en silence. Les femmes se mettent au premier plan. Les hommes derrière. On dirait que ça gêne un peu Thérèse d'être prise en flagrant délit de regarder le vieil homme nu. Pourtant elle ne peut pas leur demander de s'en aller ; il n'y a pas de raison ; tout aussi bien, eux pouvaient être à sa place. Elle se tient derrière la lampe-tempête. On voit ses cheveux courts et noirs, la 'moitié de son front blanc. Elle s'est rassise.

« Allez-y, dit Thérèse, il faut qu'il nous dise d'abord comment on peut retrouver l'autre, Albert des Capitales. »

Sa voix est incertaine, un peu chevrotante.

Le premier coup est tombé de l'un des quatre bras. Il résonne drôlement. Le deuxième coup. Le donneur essaye de parer. Il gueule : « Aïe ! Aïe ! Vous me faites mal ! » Derrière, quelqu'un rit et dit : « Figure-toi que c'est pas par mégarde... »

On le voit bien, dans la lumière de la lampe-tempête. Les gars frappent fort. C'est dans la poitrine qu'ils frappent, à coups de poing, lentement, fort. Pendant qu'ils sont en train de frapper, derrière on se tait. Ils s'arrêtent de frapper et regardent de nouveau Thérèse.

« Tu comprends mieux maintenant?... C'est juste un commencement », dit Lucien.

Il se frotte la poitrine et il gémit doucement.

« Ensuite il faudra que tu nous dises comment tu entrais à la Gestapo. »

Elle a une voix hachée, mais raffermie. Maintenant, c'est entamé, c'est bien en train, les gars ont bien frappé. C'est sérieux, c'est vrai : on torture un homme. On peut ne pas être d'accord mais on ne peut ni se moquer, ni douter, ni en être gêné.

« Alors ?

— Ben... comme tout le monde », dit le donneur.

Le groupe en suspens, derrière lui, se détend : « Ah... »

Il pleurniche : « Enfin... vous ne savez pas... » Il se tait. Il se frotte la poitrine de ses deux mains à plat. Il a dit : « Comme tout le monde. »

Il a dit : « Comme tout le monde », il croit qu'ils ne savent pas. Il n'a pas dit qu'il n'y entrait pas. Derrière on entend murmurer par ceux du fond : « Il y entrait. Il dit qu'il y entrait. » À LA GESTAPO. RUE DES SAUSSAIES. Sur sa poitrine, de larges taches violettes apparaissent.

« Tu dis comme tout le monde ? Tout le monde y entrait, à la Gestapo ? »

Derrière : « Salaud, salaud, salaud. » Ça court. Il a peur. Il se redresse et essaye de voir de qui ça vient. Il y a beaucoup de monde, il ne peut fixer personne. Lui aussi doit se croire au cinéma. Il hésite, puis il se ressaisit.

« Fallait montrer sa carte d'identité, on la laissait en bas, puis on la reprenait en descendant... »

Derrière ça recommence : « Fumier, salaud, ordure. »

« J'y allais pour des affaires de marché noir, je ne croyais pas mal faire. J'ai toujours été un bon patriote, comme vous. Je leur vendais de la saleté. Maintenant... j'ai peut-être eu tort, je ne sais pas... »

Son ton est toujours pleurnichard, enfantin. Le sang commence à couler. La peau de sa poitrine a craqué. Il n'a pas l'air d'y prendre garde. Il a peur.

Quand il a parlé de marché noir, dans le fond, il y a eu une nouvelle rumeur : « Salaud, cochon, fumier. » Roger est entré. Il est dans le tas derrière. Thérèse a reconnu sa voix. Lui aussi a dit : « Salaud. »

« Allez-y », dit Thérèse.

Ils ne frappent pas n'importe comment. Peut-être qu'ils ne sauraient pas interroger, mais ils savent frapper. Ils frappent intelligemment. Ils ralentissent quand on peut croire que l'autre va dire quelque chose. Ils recommencent juste quand on sent qu'il va se reprendre.

« De quelle couleur elle était la carte d'identité avec laquelle tu entrais à la Gestapo ? »

Les deux gars sourient. Derrière aussi. Même ceux qui ne savent pas la couleur trouvent que c'est une question astucieuse. Ils ont frappé fort. Son œil est abîmé, le sang coule sur sa figure. Il pleure. De la morve ensanglantée sort de son nez. Il geint : « Aïe, aïe, oh, oh », sans arrêt. Il ne répond plus. La peau de sa poitrine s'est fendue à la hauteur des côtes. Il se frotte toujours avec les mains et se barbouille de sang. De son regard vitreux de vieux myope, il fixe la lampe-tempête sans la voir. Très vite c'est arrivé. C'est fait : qu'il en meure ou qu'il s'en tire, cela ne dépend plus de Thérèse. Cela n'a plus aucune importance. Il est devenu un homme qui n'a plus rien de commun avec les autres hommes. À chaque minute, la différence augmente, s'installe.

« On t'a demandé la couleur de ta carte d'identité. »

Albert s'approche tout près de son nez. On entend : « C'est peut-être suffisant comme ça... »

C'est une voix de femme qui vient de l'ombre.

Les deux gars s'arrêtent. Ils se retournent et cherchent la femme. Thérèse aussi s'est retournée.

« Suffisant ? dit Lucien.

— Un donneur ? dit Albert.

— C'est pas une raison », dit la femme, sa voix est mal assurée.

Ça recommence.

« Pour la dernière fois, dit Thérèse, on t'a demandé la couleur de la carte d'identité que tu montrais rue des Saussaies. »

Derrière : « Ça va recommencer... moi je m'en vais. » Encore une femme.

« Moi aussi... »

Une autre femme. Thérèse se retourne : « Les gens dégoûtés ne sont pas obligés de rester. »

On entend les femmes protester vaguement mais elles ne sortent pas.

« Assez ! »

C'est un homme qui est derrière.

Elles s'arrêtent de chuchoter. On ne voit toujours de Thérèse que son front blanc, quelquefois, quand elle se penche, ses yeux.

Maintenant ce n'est plus la même chose. Le bloc des camarades s'est scindé. Quelque chose de définitif est en train de s'accomplir. De nouveau. En accord avec certains, en désaccord avec d'autres. Les uns suivent de toujours plus près. Les autres deviennent des étrangers. On n'a pas le temps de distinguer : les femmes sont avec le donneur, le donneur est avec tous ceux qui ne sont pas d'accord. L'envie de frapper grandit avec le nombre des ennemis, les étrangers.

« Allez vite, la couleur ! »

Les deux gars recommencent à frapper. Ils frappent aux endroits déjà frappés. Le donneur crie. Quand ils cognent, sa plainte s'étrangle et devient une sorte de gargouillement obscène. Un bruit qui donne envie de frapper encore plus fort, que ça s'arrête. Il essaie de parer les coups, mais il ne voit rien venir. Il les encaisse tous.

« Ben... comme toutes les cartes d'identité...

— Allez-y. »

159

Ils frappent de plus en plus fort. Aucune importance. Ils sont infatigables. Ils frappent de mieux en mieux, avec plus de calme. Plus ils frappent, plus il saigne, plus c'est clair qu'il faut frapper, que c'est vrai, que c'est juste. Les images se lèvent sous les coups. Thérèse est transparente, enchantée d'images. Un homme contre un mur tombe. Un autre. Un autre encore. Il en tombe indéfiniment. Les cinq cents francs lui servaient à acheter des petites choses pour lui seul. Il n'était sûrement même pas anticommuniste, même pas collaborateur, même pas antisémite. Non, simplement, il « donnait » sans savoir, sans souffrir, peut-être simplement pour se payer des petits luxes de solitaire, pour arrondir ses mois, sans nécessité véritable. Il ment toujours. Il doit savoir, savoir ce qu'il ne veut pas dire, ne plus savoir que ça. S'il avouait, s'il ne se défendait plus, la différence entre lui et les autres serait moins radicale. Mais il s'accroche tant qu'il peut.

« Allez-y. »

Et ils y vont. C'est comme une machine qui marche bien. Mais d'où vient-elle donc chez les hommes cette possibilité de frapper, de s'y habituer, de le faire comme un travail, comme un devoir.

« Je vous en supplie ! Je vous en supplie ! Je ne suis pas un salaud ! » crie le donneur.

Il a peur de mourir. Pas assez. Il ment toujours. Il veut vivre. Même les poux se raccrochent à la vie. Thérèse se lève. Elle est angoissée, elle a peur que ce ne soit jamais suffisant. Qu'est-ce qu'on pourrait lui faire? Qu'est-ce qu'on pourrait inventer? Contre le mur l'homme qui tombe n'a pas parlé non plus, quel autre silence, et contre le mur une seconde, sa vie, réduite à ce silence écrasant. Contre le mur ce silence — il faut que celui-ci parle — ce donneur, ici. Mon Dieu ce ne sera jamais suffisant. Il y a tous ceux qui s'en foutent, les femmes qui viennent de sortir et tous les planqués qui font de l'ironie maintenant : « Vous nous faites rigoler avec votre insurrection, votre épuration. » Il faut frapper. Il n'y aura plus jamais de justice dans le monde si on n'est pas soi-même la justice en ce moment-ci. La comédie. Les juges. Les salles lambrissées. Pas la justice. Ils ont chanté *l'Internationale* dans les wagons cellulaires qui passaient dans les rues et les bourgeois regardaient derrière leurs fenêtres et ils ont dit : « Ce sont des terroristes. » Il faut frapper. Écraser. Faire voler en pièces le mensonge. Ce silence ignoble. Inonder de lumière. Extraire cette vérité que ce salaud-là a dans la gorge. La vérité, la justice. Pour quoi faire? Le tuer? À qui ça sert? Ce n'est pas pour lui. Ça ne le regarde pas. C'est pour savoir. Taper dessus jusqu'à ce qu'il éjacule sa vérité, sa pudeur, sa peur, le secret de ce qui le faisait hier tout puissant, inaccessible, intouchable.

Chaque coup de poing résonne dans la pièce silencieuse. On frappe sur tous les salauds, sur les femmes qui sont sorties, sur tous les dégoûtés de derrière les volets. Le donneur crie « oû, oû » en de longues plaintes. Derrière l'homme, dans l'ombre, on se tait tant que les coups tombent. C'est lorsqu'ils entendent sa voix protester que les injures montent, dites les dents serrées, les poings serrés. Pas de phrases. Toujours les mêmes injures qui sortent lorsque la voix du donneur témoigne qu'il tient toujours. Car, de la puissance du donneur il reste ça, cette voix pour mentir. Il ment encore. Il en a encore la force. Il n'en est pas au point de ne plus mentir. Thérèse regarde les poings qui tombent, elle entend le gong des coups, elle sent pour la première fois que dans le corps de l'homme il y a des épaisseurs presque impossibles à crever. Des couches et des couches de vérités profondes, difficiles à atteindre. Elle se souvient qu'elle avait aperçu vaguement cela pendant les interrogatoires inlassables du couple. Mais moins fort. Maintenant c'est exténuant. C'est presque impossible. Travail de défoncement. Coup par coup. Il faut tenir, tenir. Et tout à l'heure sortira, sortira toute petite, sortira dure comme un grain la vérité. Le travail se fait loin, dans cette poitrine solitaire. Ils frappent dans l'estomac. Le donneur gueule et prend son estomac à deux mains, se tord. Albert frappe de plus près, frappe un coup aux parties. Il couvre son sexe des deux mains et gueule encore. Il saigne beaucoup de la figure. Ce n'était déjà pas un homme comme les autres. C'était un donneur d'hommes. Il ne se préoccupait pas de savoir pour quelles raisons on lui en demandait. Même ceux qui le payaient n'étaient pas ses amis. Mais maintenant on ne peut plus le comparer à rien de vivant. Même mort, il ne ressemblera pas à un homme mort. Il encombrera le hall. Peut-être que c'est du temps perdu. Il faudrait en finir. Ce n'est pas la peine de le tuer. Ce n'est pas non plus la peine de le laisser vivre. Il ne peut plus servir à rien. Il est complètement hors d'usage. Justement parce que ce n'est pas la peine de le tuer on peut y aller.

« Assez. »

Thérèse se lève et marche vers le donneur, sa voix paraît un peu frêle après le gong sourd des poings. Il faut en finir. Les hommes dans le fond la laissent faire. Ils lui font confiance, ne lui donnent aucun conseil. « Salaud, salaud. » La fraternelle litanie des injures la remplit de chaleur. Silence dans le fond. Les deux camarades regardent Thérèse, attentifs. On attend.

« Une dernière fois, dit Thérèse, on voudrait savoir la couleur de ta carte, une dernière fois. »

Le donneur la regarde. Elle est tout près de lui. Il n'est pas grand. Elle est à peu près de sa taille. Elle, mince, jeune. Elle a dit : « Une dernière fois. » Il s'arrête de geindre, net.

« Qu'est-ce que vous voulez que je vous dise ? »

Elle est petite. Elle n'a envie de rien. Elle est calme, et sent une colère calme lui dicter de crier avec calme les paroles de la nécessité puissante comme un élément. Elle est la justice comme il n'y en a pas eu depuis cent cinquante ans sur ce sol.

« On veut que tu nous dises la couleur de cette carte qui te permettait d'entrer à la Gestapo. »

Il chiale de nouveau. De son corps il monte une drôle d'odeur, écœurante et douçâtre, celle de la peau grasse mal lavée mêlée à celle du sang.

« Je ne sais pas, je ne sais pas, je vous dis que je suis innocent... »

Les injures reprennent : « Salaud, fumier, ordure. » Thérèse se rassied. Moment d'arrêt. Les injures continuent. Thérèse se tait. Pour la première fois, dans le fond on dit : « Il n'y a qu'à le liquider, finissons-en. »

Le donneur lève la tête. Silence. Le donneur a peur. Il se tait lui aussi. Il ouvre la bouche. Il les regarde. Puis une plainte mince, enfantine, sort de sa gorge.

« Si je savais au moins ce que vous voulez de moi..., dit le donneur d'une voix qu'il voudrait une supplication pure et qu'il fait encore astucieuse. »

Les deux gars suent. De leurs poings ensanglantés ils s'essuient le front. Ils regardent Thérèse.

« C'est pas encore assez », dit Thérèse.

Les deux gars se tournent vers le donneur, les poings en avant. Thérèse se lève et elle crie : « Faut plus s'arrêter. Il le dira. »

Avalanche de coups. C'est la fin. Dans le fond, de nouveau le silence. Thérèse crie : « Elle était peut-être rouge ta carte ? »

Le sang dégouline. Il hurle de toutes ses forces.

« Rouge ? Dis-le, rouge ? »

Il ouvre un œil. Il s'arrête de hurler. Il va comprendre que cette fois-ci c'est la fin.

« Rouge ? »

Les deux gars le sortent du coin où il se réfugie sans cesse. Ils le sortent et l'y rejettent comme ils le feraient d'une balle.

« Rouge ? »

Il ne répond pas. On dirait qu'il tente de réfléchir à sa réponse.

« Allez-y les gars, plus fort, rouge, vite, rouge ? »

Ils ont frappé dans le nez, un jet de sang est sorti. Cri du donneur : « Non... »

Les gars rient. Thérèse rit aussi.

« Jaune ? Comme les nôtres, jaune ? »

Maintenant il essaie de se réfugier dans le coin. Chaque fois les deux gars le sortent et il y revient sur les reins, avec un boum sourd.

« Jaune ? »

Thérèse est debout.

« Non... pas... jaune... »

Les hommes continuent. Il suffoque. Il crie de nouveau. Ses cris sont hachés par les coups. Maintenant le rythme des questions et celui des coups est le même, vertigineux, mais égal. Il ne parle toujours pas. On dirait qu'il ne pense plus à rien. Ses yeux ensanglantés sont grands ouverts et fixent toujours la lampe-tempête.

« Si elle n'était pas jaune, elle était... quoi ? »

Il se tait toujours. Pourtant il a entendu, il regarde Thérèse. Il s'arrête de hurler. Ses deux mains appuient sur son ventre, il est courbé en deux. Il n'essaie plus de parer.

« Vite, dit Thérèse, quelle couleur ? vite... »

Il recommence à crier. Ses cris sont plus bas, plus sourds. On va vers la fin, mais on ne sait pas laquelle. Peut-être qu'il ne parlera plus, mais de toute façon on va vers la fin.

« Elle était, elle était, vite... »

Comme à un enfant.

Ils se le lancent comme une balle et frappent à coups de poing, à coups de pied. Ils sont en nage.

« Assez. »

Thérèse s'avance vers le donneur, ramassée. Le donneur la voit. Il recule. Silence de nouveau. Il ne souffre même plus. C'est seulement l'épouvante.

« Si tu le dis, on te fout la paix, si tu ne le dis pas, on va te crever là, tout de suite. Allez-y. »

Le donneur ne sait peut-être plus ce qu'on veut de lui. Pourtant il va parler. On en a l'impression. Il faut lui rappeler de quoi il s'agit. Il essaie de lever la tête comme un homme qui se noie cherche à respirer. Il va parler. C'est sûr. Ça y est. Non. Ce sont les coups qui l'empêchent de parler. Mais si les coups s'arrêtent, il ne parlera pas. Tous sont suspendus à cet accouchement, il n'y a pas que Thérèse. La fin arrivera vite maintenant. De toute façon. Il ne parle toujours pas.

Thérèse crie.

« Je vais te la dire, moi, je vais te la dire la couleur de ta carte. »

Elle l'aide. Vraiment elle a l'impression qu'il faut qu'elle l'aide, qu'il n'y arrivera plus tout seul. Elle répète : « Je vais te la dire. »

Le donneur se met à hurler. Plainte continue

comme celle d'une sirène. Ils ne lui laissent pas le temps de parler. Et la plainte se brise : « Verte... », hurle le donneur.

Silence. Les gars s'arrêtent. Le donneur regarde la lampe-tempête. Il ne gémit plus. Il a l'air complètement égaré. Il s'est affalé par terre. Il a pu parler. Il se demande peut-être comment il a parlé. Silence derrière. Thérèse s'assied. C'est fini.

« Oui, dit Thérèse, elle était verte. »

Comme pour constater quelque chose qu'on sait depuis des siècles. C'est fini.

D. vient près de Thérèse. Il lui offre une cigarette. Elle fume. Le donneur est toujours dans son coin, pétrifié.

« Rhabille-toi », dit Thérèse.

Mais il n'en fait rien. Les deux gars eux aussi fument une cigarette. D. a tendu une cigarette au donneur. Il ne la voit pas.

« Les cartes des agents S.D. Police Secrète Allemande étaient vertes », dit Thérèse.

Dans le fond les camarades bougent. Quelques-uns sortent.

« Et Albert des Capitales », dit quelqu'un dans le fond.

Thérèse regarde D. C'est vrai. Encore Albert des Capitales.

« On verra, dit D. On verra demain. »

Ça n'a plus l'air de l'intéresser. Il prend la main de Thérèse, il l'aide à se lever. Ils sortent. Albert et Lucien s'occupent de faire rhabiller le donneur.

Dans le bar il fait une grande lumière d'autre monde. C'est l'électricité. Toutes les femmes y sont, il y en a cinq et les deux hommes qui sont partis avec elles.

« Il a avoué », leur dit Thérèse.

Personne ne répond. Thérèse comprend. Ils s'en foutent qu'il ait avoué. Elle s'assied et elle les regarde. C'est curieux. Il y a bien une demi-heure qu'ils sont là. Qu'est-ce qu'ils faisaient dans ce bar? Qu'est-ce qu'ils attendaient? Ils sont venus se réfugier dans la lumière.

« Il a avoué », répète Thérèse.

Aucun d'entre les cinq ne la regarde. Une femme se lève et toujours sans la regarder : « Qu'est-ce que tu veux que ça nous foute? dit-elle négligemment, c'est tellement dégueu-lasse... »

D., qui était à côté de Thérèse s'avance vers la femme : « Tu vas lui foutre la paix, oui? »

Roger et D. enlacent Thérèse. Les femmes se taisent. Elles sortent. Les deux hommes qui sont avec elles sortent aussi en sifflotant.

« Et tu vas aller dormir, dit D.

— Oui. »

Thérèse prend un verre de vin. Elle boit une gorgée.

Elle sent le regard de D. sur elle. Le vin est amer. Elle repose le verre.

« Il faut le laisser partir, dit Thérèse. Il peut marcher. »

Roger n'est pas sûr qu'il faille le laisser partir.

« Qu'on ne le voie plus, dit Thérèse.

— Un gibier pareil, dit Roger, ils ne voudront pas le lâcher.

— Je leur expliquerai », dit D.

Thérèse se met à pleurer.

Ter le milicien

Le matin D. a dit : « Il faudra mener Ter chez Beaupain. »

Thérèse n'a pas demandé pourquoi. D. s'occupe de beaucoup de choses : des arrestations, des prisonniers, du ravitaillement des camarades, des réquisitions de locaux, des réquisitions d'autos, des réquisitions d'essence, des interrogatoires. Au centre Richelieu, c'est archiplein. Onze miliciens, dont Ter, dans la comptabilité. Trente collabos dans le hall, en bas les R.N.P., une Allemande, un agent de la rue des Saussaies, une bonne à tout faire et sa patronne, femme de lettres, un colonel russe, des journalistes, un poète, une femme d'avoué, etc. C'est donc sans doute pour dégager la comptabilité que D. veut mener Ter rue de la Chaussée d'Antin où se trouve le groupe Hernandez-Beaupain.

Thérèse a donc conduit D. et Ter chez Beaupain rue de la Chaussée d'Antin. C'est trois heures de l'après-midi. Dès l'entrée de l'immeuble ils entendent crier les Espagnols comme chaque fois. La cour est encombrée de vélos et d'autos réquisitionnées ou reprises aux Allemands, aujourd'hui, il y en a une nouvelle, une camionnette grise.

Le groupe Hernandez-Beaupain se tient au rez-de-chaussée d'un immeuble qui donne sur deux cours, la première communique avec la rue par le couloir de l'immeuble, l'autre très petite, donne sur d'autres cours dont elle est séparée par une grille. Ces deux cours communiquent entre elles par un couloir qui traverse le rez-de-chaussée. Dès qu'on atteint la première cour on entend crier les Espagnols dans l'immense rez-de-chaussée vide.

Beaupain se tient à l'entrée du couloir. Beaupain est un type grand, il a de grandes jambes, de grands bras, une tête petite, des épaules de géant. Il a un beau visage, des yeux d'enfant, bleus et doux. D. passe près de Beaupain et lui fait signe. Beaupain a un drôle d'air. Il ne dit pas bonjour à D. Il regarde tantôt du côté de l'entrée, tantôt vers le fond du couloir. Maintenant il se passe quelque chose vers le fond du couloir.

Des paroles criées en espagnol par envolées. Beaupain a l'air mal à l'aise.

D., Ter et Thérèse s'arrêtent à l'entrée du couloir près de Beaupain. Il se passe quelque chose d'inhabituel. Sur le fond ensoleillé de la petite cour intérieure il y a un groupe d'hommes, peut-être quinze, qui gesticulent et parlent haut en espagnol. D., Ter et Thérèse ne vont pas plus loin, ils attendent et regardent, de même que

Beaupain. Le groupe d'hommes se défait, les hommes s'écartent les uns des autres et alors on peut voir autour de quoi ils se sont coagulés en un bloc. La chose apparaît. Blanche. Blanche et allongée par terre. Les hommes se rangent de chaque côté d'elle le long du couloir. Deux d'entre eux s'en emparent, la soulèvent et l'emportent.

D., Thérèse et Ter, laissent Beaupain et pénètrent un peu avant dans le couloir. Le cadavre passe devant eux. Le couloir est silencieux, les Espagnols se taisent. Deux chaussures de daim dépassent du drap, des chaussures presque neuves, bien lacées sur des chaussettes bleues. La chose est molle et frissonne à chacun des pas des porteurs, comme de la bouillie. Le ventre est plus haut que les pieds, à cause des mains qu'on a posées dessus. Sous le drap la forme d'une tête se dessine et la pointe d'un nez.

D. s'avance vers le groupe d'Espagnols qui est resté au fond du couloir. Thérèse et Ter suivent D. D. prend le bras d'un des Espagnols, demande qui c'est.

« Un salaud. »

Il s'en va rejoindre le groupe des Espagnols dans la cour.

D., Thérèse et Ter repartent rapidement vers l'entrée du couloir qui donne sur la grande cour, précédés par tous les Espagnols. Les porteurs ont posé le cadavre sur les marches de l'escalier. La camionnette grise qui était dans la cour fait marche arrière. Les deux portes de la camionnette sont ouvertes. Les deux hommes enfournent le cadavre à l'intérieur. Les deux pieds chaussés de daim se découvrent et on voit le bas d'un pantalon bleu marine. Les deux hommes claquent les portes de la camionnette qui démarre aussitôt, sort par le couloir et disparaît dans la rue.

Aussitôt les Espagnols recommencent à crier. Ils s'engouffrent dans le couloir et retournent dans l'appartement. D., Ter et Thérèse suivent les Espagnols. Beaupain est dans leur groupe. D. une nouvelle fois demande qui c'est. Même réponse : « Un salaud. »

La pièce des Espagnols est très grande, lambrissée. Elle est complètement nue. Pas une chaise. Pas un tableau. Seulement dans les quatre coins des armes empilées qu'un homme garde. Une magnifique cheminée de marbre blanc surmontée d'une glace de deux mètres de haut. Il n'y a rien sur la cheminée, pas le moindre objet. Les Espagnols couchent et mangent dans cette pièce. Tout ce qu'ils ont à part les armes est dans leurs poches. La pièce est donc nue et pleine d'hommes qui ne se sont pas changés depuis quinze jours, légers et souples, dépouillés à l'extrême par le combat.

D. cherche Beaupain. Thérèse et Ter le suivent dans la pièce attenante à celle des Espagnols, le bureau de Gauthier et en même temps celle des Français. À part le bureau et la chaise de Gauthier, il n'y a pas non plus de meubles dans cette pièce. Beaupain est là, il discute avec Gauthier.

Une vingtaine d'hommes assis contre les murs écoutent ce qu'ils disent. De temps en temps ils gueulent et couvrent les voix de Beaupain et de Gauthier. Ils gueulent parce qu'il n'y a pas de vin et qu'ils ne bouffent que des sandwiches au thon. D. et Beaupain ont trouvé mille boîtes de thon dans un P.C. allemand le premier jour de l'insurrection. Depuis les quatre-vingts hommes du centre Richelieu et les soixante hommes du centre d'Antin ne mangent que du thon. Depuis dix-sept jours, les hommes en ont marre du thon. Beaupain engueule Gauthier. Gauthier dit qu'il a ramené une roue de gruyère qu'il a trouvée dans un camion allemand abandonné à Levallois. Il dit que cette roue de gruyère était hier soir encore dans le camion. Que le camion était hier soir encore dans la cour. Et que maintenant il ne reste que le camion. Le gruyère, envolé. Les hommes gueulent. Ils croient que Gauthier les accuse d'avoir volé le gruyère. Beaupain sort, dégoûté. D. l'arrête en lui prenant le bras, demande qui c'est.

« Un agent de la Gestapo. Du centre Campagne Première. C'est le groupe Hernandez qui l'a descendu.

— Où ? Comment ?

— Trois coups de revolver dans la nuque. Ici, dans la cour. »

Beaupain s'en va. D. et Thérèse vont vers la cour. À un mètre de la porte, sur une pierre un peu creuse du sang se caille. Ça luit au soleil. Un arbre pousse auprès de la pierre. Personne aux fenêtres qui donnent sur la cour, la plupart sont fermées. La cour est vide.

« Pourquoi ce sang sur la pierre ? », demande Thérèse.

D. ne répond pas. D. et Thérèse restent sur le pas de la porte et regardent le sang. C'est le premier qu'on exécute. C'est la première fois.

Beaupain repasse. Et sans que D. l'interroge : « Il a chialé », dit Beaupain.

Il repart. Il doit chercher les voleurs de gruyère. Gauthier arrive à son tour. Lui aussi il cherche. Il cherche Beaupain.

« Tu y étais ? demande D.

— Non. Où est Beaupain ? »

On ne sait pas. Pierrot arrive et demande une cigarette à D. D. donne une cigarette, en prend une, allume. C'est un jeune, Pierrot, peut-être dix-huit ans.

« Tu regardes ça ? demande Pierrot.

— Tu y étais ? demande D.

— Tu parles ! dit Pierrot, si j'y étais... il a chialé que c'était dégueulasse, il a dit que si on le laissait il ferait tout ce qu'on voulait, qu'il avait compris... tout. »

Il dit aussi que les Espagnols se sont engueulés. C'était à celui qui tirerait, qu'ils continuent d'ailleurs à s'engueuler à ce propos. Finalement c'est Hernandez et deux autres qui ont tiré ensemble avec un 8 mm dans la nuque.

Pierrot repart. D. et Thérèse rentrent dans la pièce des Espagnols. Un groupe discute âprement au milieu de la pièce. Quelques-uns se désintéressent du débat et accroupis par terre, le long du mur, ils démontent et graissent leur fusil.

Ter est adossé à la cheminée. C'est vrai, Ter. Ter le milicien. Ter est pâle. Pas de la même pâleur que celle de Beaupain tout à l'heure, c'est différent. Le nez de Ter s'est pincé et il est devenu vert, il a des lèvres comme de la craie et sous ses yeux, c'est gris. C'est vrai, on avait oublié Ter. Cela fait dix ou quinze minutes qu'on l'a oublié. Ter a vu passer la civière et par la porte qui donne sur la cour intérieure, il a vu le sang sur la pierre. Personne n'a pensé que Ter voyait ces choses. Aucun des Espagnols bien sûr. Ni même Thérèse, ni même D.

Et maintenant voilà qu'on trouve Ter adossé à la cheminée, tout seul. D. s'approche. Et dès que Ter voit D. s'approcher (il doit attendre que D. s'approche de lui depuis le début), sa figure se tend, se tord littéralement vers D., cependant qu'il ne quitte pas la cheminée. D. s'approche tout près de Ter qui veut lui parler. La voix de Ter est très basse.

« Je voudrais écrire un mot à ma famille », dit Ter.

D. et Thérèse se regardent. Ils avaient oublié Ter. Et maintenant ils savent que Ter a vu passer la civière et que de la porte il a vu le sang. D. fixe Ter, il le fixe, il le fixe. Puis D. a un sourire pour Ter.

« Non, dit D., ce n'est pas pour vous exécuter qu'on vous a amené ici. »

Ter lève les yeux vers D. Ce regard de Ter, ce

mouvement des yeux de Ter vers D., la force qui a fait se soulever les paupières de Ter et regarder D...

« Ah !..., dit Ter, parce que j'aurais aimé savoir.
— Non, dit D., tranquillisez-vous... »

Les paupières et la tête de Ter retombent lourdement. Et Ter ne dit plus rien. Il ne bouge pas, il reste toujours appuyé sur ses coudes, adossé à la cheminée, le corps légèrement oblique. D. s'adosse à la cheminée, auprès de Ter. Il le fixe toujours. De même Thérèse. Des hommes et des hommes passent auprès d'eux. Ter a les yeux baissés. Maintenant les hommes s'engueulent à propos du gruyère. Gauthier court après Beaupain. Beaupain ne veut plus entendre parler de Gauthier pour le moment. Il va d'un Espagnol à l'autre et demande qui a vu la roue de gruyère. Roue de gruyère ? Personne n'a vu ça ni de près ni de loin. Gauthier suit Beaupain et ricane comme s'il savait quelque chose. De temps à autre un grand éclat de rire jaillit. Toujours à partir de la roue de gruyère.

Assis dans les coins les hommes graissent leur fusil avec beaucoup d'attention. Quelques-uns mangent, les Français des sandwiches au thon, les Espagnols des sandwiches au thon avec des tomates. Les Espagnols ont toujours des tomates dans les poches, et ils en croquent toute la journée. Personne ne sait où ni comment ils les trouvent.

D. prend son paquet de cigarettes. Il le met sous le nez de Ter. La main de Ter se déplace dans un déclic, elle prend la cigarette. « Merci », dit Ter. D. offre aussi une cigarette à Thérèse. Il en prend une lui-même, puis il tend du feu à Ter. En voyant le feu Ter a levé encore une fois les yeux vers D. D. sourit. Ter sourit aussi le temps d'un éclair et il baisse la tête de nouveau toujours adossé à la cheminée. Il fume la cigarette de toutes ses forces, il aspire des bouffées énormes.

Beaupain réunit tous les hommes et leur apprend la mystérieuse disparition du gruyère. Il n'y a pas de raisons, explique Beaupain, une roue de gruyère de trente kilos ne s'en va pas par ses propres moyens. Les hommes écoutent, sourient et recommencent à discuter. Personne n'a toujours rien vu du gruyère, ni de près ni de loin. Beaupain est en nage, il gueule et il se lasse. Et il donne des ordres sur le logement des différents groupes pour le soir. Quand il a fini un Espagnol s'approche de lui et lui dit quelque chose. Aussitôt Beaupain se souvient de quelque chose et il demande à la cantonade qui a pris le F.M. qui se trouvait hier soir encore sur son bureau et de même, les deux mitraillettes qui ont disparu le matin, celle qui appartenait au groupe, l'autre à un petit F.A.I., celui qui vient de lui parler. Le petit F.A.I. acquiesce, indigné. Personne n'a vu les mitraillettes ni le F.M. Le petit F.A.I. va d'un groupe à l'autre et pose toujours la même question : « Tu as vu la mitraillette ? », en tendant ses mains vides. Personne n'a vu.

Ter fume toujours. D. et Thérèse ne peuvent pas s'empêcher de le regarder fumer.

Ter a vingt-trois ans. C'est un beau type. Il n'a pas de veste et on lui voit les muscles des avant-bras, longs, jeunes. Sa taille est fine, bien prise dans une ceinture de cuir. Il n'est plus pâle. Mais il fume toujours avec force, il pompe sa cigarette. Il a une barbe de neuf jours. Sa chemise bleue est en soie. Ses souliers sont en daim. Sa ceinture est en pécari grège. Ne serait-ce la soie de sa chemise, le daim, la ceinture, on pourrait le prendre pour un type du centre. Mais Ter a un sale passé. Rien à faire, il l'a. Il a poussé sur la jeune vie de Ter cet énorme passé dont il va sans doute mourir.

D. et Thérèse le regardent. Il fume, les yeux baissés. La main qui tient la cigarette tremble, l'autre tient la cheminée. De temps en temps Ter lève les yeux, il voit D. et il sourit comme quelqu'un qui s'excuse.

Dans tous les coins les hommes graissent leur fusil et discutent des mitrailleuses volées, du gruyère, de l'agent de la Gestapo.

D. continue à ne s'intéresser qu'à Ter le mili-cien. Vingt-trois ans. Il a perdu sa vie. Il est devenu l'ami de Lafont, Lafont lui en a mis plein la vue avec son auto blindée, son bureau blindé, ses murs blindés. Ter est un drôle de type. Il n'a aucune pensée en tête mais seulement des envies, il a un corps fait pour le plaisir, la bringue, la bagarre, les filles. Il y a huit jours D. et Roger ont interrogé Ter. Thérèse a assisté à son inter-rogatoire. Ceux qui ont assisté à l'interrogatoire de Ter le connaissent aussi bien que s'ils l'avaient toujours connu.

Ter avait été un ami de la bande Bony-Lafont.

« Pourquoi êtes-vous entré dans la milice ? avait-on demandé à Ter.

— Parce que c'était pas possible d'avoir une arme autrement...

— Pourquoi une arme ?

— C'est chic une arme. »

On l'avait emmerdé une heure pour savoir ce qu'il en faisait de son arme et combien il avait tué de résistants avec cette arme.

« J'étais le dernier des derniers dans la bande, j'aurais pas pu tuer de résistants. »

Il disait qu'il était allé chasser en Sologne avec des artistes de cinéma. Il avait été pendant un moment le secrétaire de Lafont. Il n'avait pas dit qu'il n'aurait pas tué de résistants s'il avait pu.

C'était un groupe de F.F.I. du quinzième parmi lesquels il s'était faufilé qui l'avait découvert et qui l'avait refilé au groupe de Richelieu parce qu'ils n'avaient pas de place chez eux pour le garder. On lui avait demandé aussi :

« Qu'est-ce que vous foutiez chez les F.F.I. ?

— Je voulais me battre...

— Avec quelle arme ?

— Avec mon arme.

— Vous pensiez que c'était la seule façon de vous planquer non ?

— Non, c'était pour me battre, ce n'était pas que je voulais du mal aux Allemands, non, c'était pour me battre. »

On l'avait trouvé avec, dans la poche, un brassard F.F.I. On lui avait demandé ce qu'il faisait de ce brassard dans sa poche. Il avait dit qu'il l'avait trouvé, il avait souri : « Non, tout de même pas, un type comme moi, porter le brassard... »

Beaupain passe, toujours à la recherche du F.M. et du gruyère.

« Quand t'auras une minute ? dit D.

— Tu peux y aller », dit Beaupain.

Ils s'éloignent et discutent. Thérèse reste avec Ter près de la cheminée. Elle pense qu'il doit s'agir de Ter entre Beaupain et D. et que Ter ne s'en doute pas. En effet, Ter commence à se distraire. Il suit des yeux le groupe des Espagnols qui nettoient leurs armes, aussi celui de D. et de Beaupain, mais surtout les Espagnols. Car Ter est ainsi. Pour conduire une auto, pour avoir dans sa poche un revolver, Ter a perdu sa vie. Il a fait la bringue avec Lafont et Bony. Il conduisait à toute pompe l'auto blindée de Lafont lorsque Lafont faisait des descentes dans les quartiers juifs. Un jour, en allant chasser, il a tiré derrière des arbres, il ne sait pas s'il a tué quelqu'un. On sait tout. Ter a tout avoué immédiatement.

Pour Ter, tout est simple. Ter se dit : « J'avais une arme, j'étais de la bande à Lafont, j'ai tiré dans les arbres, je vais être exécuté. » Qui a fait le mal doit être exécuté. Il ne sert à rien de se défendre, croit Ter. Ter se plie aux exigences de la justice et de la société. Il croit à la perspicacité des juges, à la Justice, au châtiment. Et en attendant, c'est marrant de regarder démonter des armes et flic et flac. Comme une plante, aussi, Ter. Comme une espèce d'enfant.

Thérèse et D. ont pour Ter une certaine préférence. C'est forcé. C'est forcé qu'on ait des préférences pour les uns et de la répulsion pour certains autres. Il y a au centre Richelieu un homme du monde bien moins coupable que ne l'est Ter et qui savait, lui, qu'il s'en sortirait. Pas Ter, Ter est sûr d'être fusillé. L'homme du monde a demandé qu'on le mette avec des gens de « son milieu » parce qu'il « avait droit à des égards ». Alors D. l'a mis dans le box commun du hall, auprès d'un champion de catch et d'une femme de chambre.

En un an, Ter a gagné six millions dans un bureau d'achat allemand.

« Combien ça vous rapportait ce boulot ?

— Six millions en 1943, deux millions cette année. »

Pas une seconde Ter n'a hésité à le dire. Ter est vraiment sans ruse aucune et sans orgueil, sans le moindre. Ce qu'il voudrait avoir par-dessus tout ce sont des cigarettes. Et aussi une femme. Pendant qu'on l'interrogeait huit jours après son arrestation Ter a regardé Thérèse avec une certaine insistance. Ter a une gueule de noceur et de baiseur et les femmes doivent lui manquer. Et il est impossible de faire monter sa maîtresse qui est en bas dans le hall, c'est interdit. Ils sont déjà onze dans la comptabilité et ça ne pourrait pas se faire, de toute façon. De même que pour les cigarettes, interdit d'en donner aux prisonniers.

D. est revenu vers Ter et Thérèse.

« On s'en va... »

185

Ter marche en avant. D. se penche vers Thérèse et dit tout bas : « Beaupain n'a pas de place, il faudra téléphoner au Cherche-Midi. »

En sortant, D. a fait un signe amical à Hernandez, Thérèse aussi. Hernandez, c'est un géant, un communiste, c'est lui et deux de son groupe qui ont exécuté l'agent, ils sont dix-sept dans ce groupe, considérés par tous les Français comme leurs aînés dans la bagarre. Que ce soit Hernandez qui se soit chargé de l'exécution de l'agent confirme sans doute aux yeux de D. et de Thérèse le bien-fondé de leur confiance en Hernandez. C'est à son groupe qu'était revenu ce travail, c'est régulier. L'agent était Français, mais les Français n'avaient pas discuté, eux n'étaient peut-être pas très sûrs qu'il fallait exécuter l'agent, Hernandez, oui. Hernandez est en train de manger des tomates, il a un sourire d'enfant géant. Il est coiffeur de son métier, de sa raison d'être, il est républicain espagnol. Avec la même certitude, la même facilité, il se mettrait une balle dans la tête, si c'était utile pour avancer l'éclatement de la révolution espagnole. Quand ils ne se bagarrent pas, les Espagnols graissent les armes récupérées ; ils connaissent les coins où en trouver, ils restent partis toute la nuit, ils dorment très peu, ils parlent et parlent sans cesse de la future bagarre en Espagne. Ils croient tous qu'ils vont partir dans les jours qui viennent. « Au tour de Franco », dit toujours Hernandez. Ça les empêche de dormir, la Libération de Paris fait rêver les Espagnols. La grande question pour eux c'est de récupérer des armes et de se regrouper. Les socialistes y mettent des conditions inacceptables pour les communistes et ceux de la F.A.I. Les derniers veulent se regrouper par leurs propres moyens à la frontière espagnole. Les socialistes veulent organiser un corps expéditionnaire formé à Paris. Toute la journée, il est question de ce départ. Tous ont abandonné leur métier pour repartir.

En croisant Hernandez, Thérèse pense que si Ter devait être exécuté dans les jours qui suivent ce serait mieux que ce soit lui, Hernandez, qui le fasse. Elle préférerait que ce soit Hernandez. Elle lui sourit. Seul Hernandez sait à quel point pourquoi c'est nécessaire de le tuer. Elle ne sait pas le détail de ce que se sont dit D. et Beaupain au sujet de Ter le milicien. Ce sont des questions d'organisation sans doute. Ter va partir du centre, peut-être sera-il exécuté.

Ter est content de quitter le centre d'Antin. Il marche d'un pas souple, rapide, devant D. et Thérèse. Il sait qu'il retourne dans la pièce de la comptabilité au centre Richelieu mais il n'y pense pas pour le moment. La perspective de la promenade en bagnole du centre d'Antin au centre Richelieu le lui fait oublier. Ainsi est Ter, vite oublieux.

Arrivé dans la rue, à la hauteur de l'auto, Ter s'écarte tout à coup de D. et de Thérèse, il contourne l'auto et d'un geste large, galant, il ouvre la portière à Thérèse en souriant. Certes il est content de partir du centre d'Antin, mais il n'y a pas que ça. Il y a que Thérèse et D. lui sont sympathiques. Il y a que c'est Thérèse qui conduit l'auto, que lui, autrefois, conduisait des autos, et qu'il se sent avec Thérèse comme une parenté. Ter n'est pas un prisonnier ordinaire. Car il s'est passé cette chose admirable que Ter, lors de son interrogatoire, a été frappé par la loyauté de D., et il est certain que dans l'aveu total, presque déconcertant de Ter, il y a eu le désir de plaire à D. Ainsi est Ter, simple. Comme une sorte de plante, Ter.

Ter est assis auprès de Thérèse qui conduit l'auto. D. est sur la banquette arrière. Il tient dans sa main droite un petit revolver ancien, de petit calibre, la seule arme qui reste à D., son F.M. et son 8 mm ayant été volés au centre Richelieu. Ce revolver que tient D. est enrayé, il ne marche plus depuis longtemps. D. l'a trouvé dans le tiroir de son bureau à la place du 8 mm. Impossible de savoir d'où il peut bien venir. Thérèse sait aussi que ce revolver braqué sur Ter ne marche pas. Ter ne le sait pas, bien sûr. S'il a remarqué que ce revolver était ridiculement petit, D. l'impressionne à ce point qu'il ne peut pas le soupçonner de ne pas marcher. Pour Ter, D. ne peut posséder que des armes aussi parfaites que son âme.

Ter se tient tranquille auprès de Thérèse.

Il fait beau, très clair. Il n'y a pas de police. La police s'est battue avec le peuple de Paris et elle n'a pas encore repris ses fonctions depuis la Libération. Depuis trois jours, les rues sont sans police. Des autos pleines de F.F.I. circulent dans tous les sens, dans les sens interdits aussi, elles roulent à une très grande vitesse et se doublent en usant largement des trottoirs. Une frénésie de désobéissance, une ivresse de liberté s'est emparée des gens.

Ter est fasciné par la vitesse des autos, le nombre des autos, les canons qui dépassent des portières et qui brillent au soleil.

« Faut en profiter, dit tout à coup D., il n'y a pas encore de police, ces choses-là arrivent une fois par siècle... »

Ter s'est retourné vers D. qui tenait le revolver braqué sur lui. Et il a ri.

« Ça c'est vrai. »

Ainsi est Ter, ça lui plaît qu'il n'y ait pas de police. Ter n'a jamais aimé la police. S'il est aussi à l'aise avec D., c'est que D. n'est pas de la police. Ter ne réfléchit pas ; il ne pense pas que le fait qu'il n'y ait pas de police annonce des temps nouveaux, des temps que lui, il ne vivra pas. Il ne pense pas plus avant, Ter.

Ter est très attentif au maniement de l'embrayage, aux reprises, à la conduite de l'auto dans le tourbillon ensoleillé des rues. Ter aime le maniement des autos, des armes, de l'argent, des femmes. Il aime ce qui roule, ce qui claque, ce qui se dépense. Pour lui, le maniement d'une auto est une chose fascinante en soi. D'autant plus que ça le change tellement de la vie qu'il mène depuis onze jours dans la comptabilité, avec les dix autres miliciens. Et il fait vraiment très beau et toutes ces autos pleines de jeunes gens et de jeunes filles de l'âge de Ter, lancées à toute vitesse, avec des mitraillettes et des carabines braquées dans tous les sens, qui sortent des portières, font l'été plus fort, plus fascinant. De loin, tout ce désordre conquis, libre, exalté, agit sur Ter qui est heureux d'être dans une de ces autos, de participer à ce mouvement à quelque titre que ce soit.

C'est sans doute la dernière des promenades de la vie de Ter.

À chaque tournant, avec ponctualité, attention, Ter allonge le bras pour faciliter la marche de l'auto. De l'auto qui le mène tout droit à sa cellule du centre Richelieu de laquelle il ne sortira probablement plus qu'en voiture cellulaire.

De temps en temps, du toit des immeubles, partent des roucoulements de mitrailleuses, fond sonore, clair soleil, vertes feuilles. Lorsque c'est trop près, les piétons s'amassent sous les porches des maisons et ils rient aux F.F.I. qui passent en automobile.

Et à un moment donné, Thérèse se retourne vers D. et cligne des yeux à propos du revolver enrayé. Et D. et Thérèse sourient. Il n'y a que Ter qui est sérieux. Avec ponctualité, il allonge le bras à chaque tournant.

Lorsque Thérèse et Albert sont allés reconduire Ter dans sa cellule, Ter a demandé à Thérèse s'il était dans les choses possibles d'avoir du pain en supplément des rations et aussi un jeu de cartes pour passer le temps. Ter a demandé ça à Thérèse, tout bas, en cachette d'Albert.

D. était allé engueuler les F.F.I. de la cuisine qui ratiboisaient sur les parts des prisonniers et Thérèse était allée chercher un jeu de cartes et du pain.

À la fin de l'après-midi, Thérèse a accompagné Albert à la comptabilité pour remettre à Ter les cartes et le pain. Ter, assis sur la table, racontait aux autres prisonniers sa promenade dans Paris. Thérèse avait remis les cartes et le pain.

Et le soir, on avait trouvé Ter assis sur la table et entouré de trois autres miliciens, ils jouaient aux cartes.

Les autres ne voulaient pas vraiment jouer, ils jouaient avec mollesse. Ter les forçait. Ter avait une sacrée envie de jouer, une envie d'un qui va vivre, pas moins. Il était assis sur la table en tailleur, il forçait les autres à choisir leurs cartes, à les jouer. Puis il jouait. Il jouait seul. Il lançait les cartes sur la table et se réjouissait de gagner. Et plaf. Et que je te joue cet as. Et que je te coupe. Et que je gagne.

À côté de Ter, sur la table, traînait un petit morceau de pain. C'était tout ce qui restait des trois pains que Thérèse avait apportés à Ter. Ils avaient tout englouti, Ter avait partagé.

Même Albert avait une préférence pour Ter, Albert qui était terrible avec tous les autres. Lorsque Ter était en bas dans le hall, D. l'avait trouvé un jour en grande conversation avec Albert. Albert était assis dans un fauteuil de cuir. Ter était à ses pieds.

« Dis-moi un peu... et les femmes ? Combien que t'as eu de femmes ? »

Ter réfléchissait.

« En combien de temps? demandait Ter.

— L'année dernière, combien l'année dernière?

— Trois cent quatre-vingt-quinze. »

Puis Ter et Albert de se gondoler, et aussi D. qui venait d'arriver, tous les trois ensemble.

Ter était incorrigible. Dût-il mourir le lendemain, Ter n'aurait pas perdu l'occasion de vivre. Ter était convaincu de son abjection parce que D. le lui avait dit et que D., il fallait le croire. Ter était sans orgueil, rien dans la tête, rien que de l'enfance.

Nous n'avons pas su ce qu'est devenu Ter, s'il a été fusillé, ou s'il a vécu. Si Ter a vécu il a dû être de ce côté de la société où l'argent est facile, où l'idée est courte, où la mystique du chef tient lieu d'idéologie et justifie le crime.

L'Ortie brisée

C'est inventé. C'est de la littérature.

J'étais du P.C.F. sans doute à ce moment-là parce que c'était un texte qui avait trait à un affrontement de classes. C'était pas mal, c'était impubliable. J'ai eu la chance de faire une littérature que j'ai toujours inconsciemment préservée du voisinage nauséabond du P.C. auquel j'appartenais. Heureusement ce texte-ci est resté impublié pendant quarante ans. Je l'ai réécrit. Maintenant je ne sais plus de quoi il s'agit. Mais c'est un texte qui prend le large. C'est peut-être aussi un bon texte de cinéma.

Quelquefois, l'étranger, je crois que c'est Ter le milicien qui s'est échappé du centre Richelieu et qui cherche où se mettre pour mourir. C'est le costume clair qui me porterait à le croire, les chaussures de cuir clair, la peau blanche de l'Allemagne nazie, et l'odeur de cette camelote de luxe, la cigarette anglaise.

L'étranger s'assied sur les grandes dalles qui jonchent les bords du chemin. Elles ont dû être transportées là il y a pas mal de temps, peut-être même avant l'Occupation. Puis le projet de faire des trottoirs dans ce chemin a dû être abandonné.

De chaque côté du chemin s'alignent des baraques en planches recouvertes de tôle, entourées de clôtures gondolées sur lesquelles du linge sèche de loin en loin. Autour des dalles, dans les interstices, il y a des liserons sauvages et des orties. Il y en a aussi contre les clôtures qui bordent les baraques en planches, un envahissement. De loin en loin, aussi, dans les jardins, sur le chemin, des acacias, pas d'autres arbres.

Des baraques, arrivent des bruits de vaisselle, des éclats de voix, des piaillements d'enfants, des cris de mère, pas de paroles.

Sur le chemin deux enfants passent et repassent. L'aîné peut bien avoir une dizaine d'années. Il promène son petit frère dans une vieille poussette depuis l'endroit où se trouve l'étranger jusqu'à l'excavation où mène le chemin. De celle-ci jaillissent des emmêlements de ferrailles et d'orties.

Depuis que l'étranger est arrivé l'enfant a raccourci son parcours, il passe plus souvent devant lui. Le petit frère porte une chemise bleue trop petite. Il est pieds nus, sa tête blonde ballotte de-ci, de-là, sur le dossier de la poussette. Il dort. Ses cheveux raides sont en désordre, il y a des mèches prises entre ses paupières fermées, c'est là que se trouvent les mouches, dans l'ombre humide des cils. De temps en temps, l'aîné s'arrête et examine l'étranger à la dérobée, avec une curiosité très aiguë et vide. Il mange une herbe et il chantonne tout bas. Lui aussi est pieds nus. C'est un enfant maigre, aux lèvres renflées, aux cheveux ternes et embroussaillés, très noirs. Il porte une blouse de petite fille, également bleue, largement ouverte sur le devant. Sa tête est petite et serrée, son regard est limpide encore, profond. Parfois le visage de l'enfant se ferme, il prend peur. C'est quand il croit que l'étranger à son tour le regarde. Mais très vite il repart dans son va-et-vient devant les baraques.

Il y a dix minutes que l'étranger est là lorsque l'homme survient dans le chemin. Il s'assied lui aussi sur une dalle, pas loin de l'étranger. C'est un homme qui a l'habitude de venir. Il doit avoir près de cinquante ans. Il porte un béret verni de cambouis. Il relève ses pantalons pour s'asseoir, ses mollets sont maigres, poilus, ils sortent de gros godillots noirs. Il porte une chemise militaire et un veston gris un peu court. L'enfant s'arrête devant l'ouvrier. La figure de l'enfant s'est miraculeusement animée, il sourit. Ils se disent bonjour.

L'enfant pousse la voiture sous l'acacia, de l'autre côté du chemin, puis il revient s'asseoir auprès de l'homme. « Tu as déjà mangé ? — C'est fait », dit l'enfant.

Comme l'enfant, l'homme regarde l'étranger à la dérobade, mais sans s'en émouvoir. Sa figure est tannée, sèche. Il a des yeux bleus cet homme, petits et vifs, et bons. Ses joues sont creuses, il ne doit plus avoir beaucoup de dents.

Il fait chaud, d'une chaleur lourde, poisseuse, sans traversée aucune de souffle, de mouvement. Le grésillement qu'on entend c'est celui des mouches qui vont d'ortie en ortie dans la lourdeur de l'air.

L'homme ramène sa musette devant lui. Il sort sa gamelle et une bouteille de vin. L'étranger évite, dirait-on, de le regarder. Il ne devrait pas ignorer que l'homme l'observe, qu'il se demande pourquoi il se trouve là aujourd'hui, dans ce chemin du bout du monde, un homme à ce point étranger.

L'homme sort sa gamelle, et on voit que l'index de sa main gauche est enfermé dans un gros doigt en cuir, noué autour du poignet. Il ouvre sa gamelle, le doigt levé de façon à éviter le moindre contact. L'enfant suit les gestes de l'homme. Il paraît avoir momentanément oublié l'étranger. « Tu as encore mal », demande l'enfant. « C'est plus rien. J'y fais plus attention. »

Dans la gamelle il y a des haricots blancs. L'homme sort un morceau de pain de la musette. Ses gestes sont lents. L'étranger enlève son chapeau et le pose sur la pierre voisine. Il a chaud. Il est habillé d'un costume clair. Presque blanc.

L'enfant suit les gestes de l'homme. Sa figure s'est détendue. Il y a une avidité étrange dans cet enfant, il veut que l'homme parle. Ils doivent avoir l'habitude de se voir. « Et ton père ? » demande l'homme. « Ça va mieux », dit l'enfant.

L'homme essuie sa cuiller contre le revers de sa veste et la plonge dans sa gamelle. Il mange. Il mâche. Il mange. Il avale. Tout se passe dans la lenteur régulière d'un spectacle, dans celle d'une lecture insidieuse et vaine.

Derrière eux, derrière l'étranger, l'homme et l'enfant, la même masse compacte de la ville, devant eux, le commencement des orties. La ville finit là où l'herbe mauvaise commence, la ferraille. La guerre l'a quittée. C'est fini. L'odeur âcre vient d'une autre excavation — celle-là, on ne la voit pas — qui doit servir de dépotoir à tous les gens des baraques. Les mouches qui boivent aux yeux du petit enfant viennent de là. Depuis qu'il est né, ce petit enfant est donc la proie des mouches de ce dépotoir, et il respire, et il est plongé dans l'odeur âcre. Par moments, celle-ci s'atténue et puis elle revient, affreuse, elle remplit l'été.

L'homme mange toujours ses haricots sous les yeux de l'enfant et de l'étranger. Il prend une bouchée de haricots, il coupe un morceau de pain avec son canif, il met le tout dans sa bouche. Il mâche. Lentement il mâche. L'aîné des enfants regarde l'homme qui mâche. Des baraques sortent toujours des cris, des pleurs d'enfants, des cliquetis de vaisselle, pas de paroles.

Au loin une sirène retentit, très triste, pareille à celle des alertes de la guerre.

L'homme pose son morceau de pain sur la pierre et tire sa montre de la poche de son gilet. Toujour lentement, il la met à l'heure. Il dit : « Midi passé d'une minute. » Il se tourne vers l'étranger : « Ça fait toujours peur, un sale bruit. »

L'étranger n'a pas répondu. On pourrait le croire sourd. L'homme se remet à manger ses haricots. Toujours avec cette lenteur excessive, ralentie, dans la chaleur puante de l'excavation qu'on ne voit pas. L'enfant ne le regarde plus. Il regarde l'étranger qui n'a pas répondu. Il n'a jamais vu d'étranger dans ce chemin, un homme très propre et très blanc. Un homme blond.

« Où est-on ici ? » demande l'étranger.

L'enfant rit et puis il baisse les yeux, confus. L'homme s'arrête de mâcher. Il regarde l'étranger, surpris lui aussi.

« Là-bas, c'est le Petit-Clamart. — Il montre la direction du tas de ferraille et d'orties —, ici c'est encore Paris. Enfin, en principe.... »

L'incertitude s'est emparée de l'homme.

« Pourquoi ? Vous êtes perdu... ?

— Oui. » Le mot résonne.

L'enfant rit de nouveau, puis il cesse, baisse les yeux.

L'homme ne sourit plus.

L'homme prend une bouteille de vin, un verre. Il boit. Il ne parle plus.

L'étranger doit savoir que de lui-même l'homme ne lui parlera plus. L'étranger parle, il ne questionne pas, il dit : « Vous vous êtes fait mal au doigt. »

L'homme lève son doigt et le considère.

« J'ai un doigt de sauté, enfin presque, la première phalange. Il a été pris sous une presse. »

Pour la première fois l'enfant parle, il rougit et il prend son élan, il dit d'une traite : « Son doigt était plat comme du papier à cigarette, il y en a une autre, à l'usine, elle a eu toute la main de prise, on a coupé sa main. »

L'étranger ne détache plus les yeux de la bouche qui mange. Les yeux de l'enfant aussi sont avides de tout voir. Lui, il ne détache plus ses yeux des deux hommes. Encore une fois l'homme parle.

« Ce sont des grosses pièces, dit l'homme, deux tonnes... et il y en a de cinq tonnes dans les arsenaux... des grosses bêtes... »

Le petit enfant crie. Un seul cri. Un cauchemar. À la porte d'une baraque une jeune femme apparaît, elle appelle — « Marcel ! » — L'enfant se relève et regarde la femme — « C'est rien ». Tout le monde se tait. Le petit s'est rendormi.

L'homme a fini ses haricots et sort un morceau de fromage de sa musette. Il coupe un petit morceau de fromage et il le pose sur son pain. Il coupe l'endroit du pain qui porte son fromage. Il mange, toujours à la même lenteur ralentie, mais légère, irrésistible. L'enfant dit : « Je croyais pas, mais tu auras juste assez de pain pour le fromage. »

L'enfant est inquiet à cause du silence de l'homme qui mange du fromage. Pas à cause du silence de l'étranger. Il regarde l'homme, Lucien.

« C'est terrible », dit enfin l'étranger.

L'homme se tourne vers l'étranger. Il ne sourit plus. L'enfant comprend que l'homme, Lucien, commence à craindre quelque chose. L'étranger dit : « Vous avez repris le même travail. »

L'étranger ne pense pas à ce qu'il dit, il parle machinalement, mais à la place de se taire, à la place de mourir. Il retient enfermé en lui une chose qu'il ne sait pas dire, livrer. Cela parce qu'il ne la connaît pas. Il ne sait pas comment on parle de la mort. Il est devant lui-même comme le sont l'homme et l'enfant devant lui. L'homme et l'enfant le savent. L'homme va parler à la place de l'étranger, mais de la même façon il se tairait. Tous ces efforts sont faits pour éloigner le silence. Une chose est certaine. Si le silence n'était pas repoussé par les deux hommes, une phase dangereuse s'ouvrirait pour tous, les enfants, l'étranger, l'homme. Le mot qui vient en premier pour le dire est le mot de folie.

« Oui, j'ai repris le même travail dit l'homme. L'année dernière j'étais au rivetage. Je préfère la presse. C'est une affaire de goût. Je trouve que le travail à la presse est moins monotone. Peut-être est-ce parce qu'il est dangereux. C'est peut-être plus dur, mais on a sa pièce à soi, sa machine à soi. Moi je préfère ça. »

L'étranger s'est remis à entendre sans écouter, à regarder sans voir.

« À la presse, continue l'homme, il arrive aussi qu'on soit plusieurs, mais c'est bien différent, on voit sa pièce se faire. À côté, le rivetage, c'est un peu... comment dire... un travail de détail, de finition. C'est moins personnel. Et puis on n'est jamais seul, toujours en groupe. On aime être seul quelquefois. »

L'homme a parlé avec un souci de précision qui enchante l'enfant. L'amabilité a quitté l'homme, la bonté aussi. Il parle maintenant pour empêcher que l'étranger parle. L'étranger ne répond pas.

L'enfant pousse un cri dans une sorte de bonheur soudain. Ce bonheur n'est pas sans rapport avec la nouvelle attitude de l'homme envers l'étranger.

L'homme sourit avec une ironie légère et son regard bleu est devenu dur.

« Vous êtes peut-être dans la métallurgie, dit l'homme, on ne sait jamais. »

L'étranger sourit comme l'homme, en se moquant, mais il ne répond pas. Il dit : « Non. »

Un petit arrêt s'est produit dans les gestes de l'homme qui mange, et le silence revient. Et la crainte devient plus proche, plus dense. L'enfant ne comprend rien à l'événement qui vient. Il se trouve abandonné.

L'homme sort un litre de sa musette et un verre. Et puis il boit une, deux, puis trois longues gorgées de vin. Quand il a fini il tend le litre à l'enfant.

« Tiens, bois une gorgée. »

L'enfant boit, il fait une grimace, il avale le vin avec difficulté. L'étranger lève la tête et il dit :

« Vous lui donnez du vin... à un enfant ?

— Oui, je lui donne du vin... pourquoi ? Vous y voyez un inconvénient ? »

L'étranger regarde l'ouvrier. Ils se regardent. L'étranger dit : « Non. »

L'homme reprend sa montre, la regarde et la remet dans la poche de son gilet. Il prend ensuite un paquet de Gauloises. Le petit s'est encore réveillé. L'enfant va vers la poussette et recommence à le traîner tout en ne quittant pas les deux hommes des yeux.

L'étranger se retourne brusquement, comme affolé. Sans raison apparente. Puis il retourne à son silence. L'homme dit : « J'ai encore un quart d'heure, le temps de fumer une cigarette. »

L'homme tend son paquet de cigarettes à l'étranger.

« Merci, dit l'étranger, j'en ai sur moi. »

L'étranger à son tour tire un paquet de cigarettes de sa poche. L'homme lui tend un briquet fumeux, sa main tremble un peu.

Ils fument sans se parler. Puis l'ouvrier a l'air de voir quelque chose au loin, devant lui, mais non. Il fume avec une aise profonde. La peur va et vient. Et la voici. L'homme hume l'air et il dit cette phrase : « Vous fumez une cigarette anglaise. »

L'étranger ne répond pas, il ne comprend pas, il dit : « Qu'est-ce que vous voulez dire? »

L'homme regarde l'étranger comme tout à l'heure ce dernier le regardait. Il ne répond pas.

Les deux hommes se taisent. L'enfant commence à les oublier. Il fredonne un air d'école. L'étranger parle à l'homme : « Vous êtes content? »

L'homme le regarde : « Vous parlez de quoi? »

L'étranger réfléchit, il cherche de quoi il parle. Il ne trouve pas.

« Je ne sais pas. »

Devant l'étranger il y a une touffe d'orties en fleurs. La plante est au milieu du chemin, ronde, en buisson, pleine de fiel et de feu. L'étranger se penche, il casse une tige de la plante et il la froisse dans sa main. Il fait une grimace, il jette l'ortie, il frotte ses mains brûlées. On entend le rire de l'enfant. L'homme s'est complètement arrêté de fumer. L'étranger devine qu'il le regarde, il reste penché sur l'ortie, puis tout à coup il se décide, il lève la tête et il parle, il dit : « Excusez-moi. »

L'enfant, encore, il rit. C'est un fou rire. L'homme lui dit de se taire. L'enfant s'arrête brusquement de rire, il a peur d'être chassé par l'homme. L'homme demande : « Vous n'avez jamais vu d'orties? »

Maintenant l'homme est en colère. Sa peur a fondu. Il est dressé face à l'étranger.

« Ce n'est pas ça, dit l'étranger, mais je ne sais pas les reconnaître. »

L'homme jette sa cigarette, elle tombe dans une flaque de soleil. Il en reprend une. Il n'attend plus que l'étranger parle. Il a l'air d'avoir oublié de partir au travail. Il ne regarde plus l'étranger. Il pense à lui, à l'étranger, comme à un événement maintenant passé, inaccessible, et vain. L'étranger, lui, ne parle plus. Il a repris sa pose. Il est toujours tête baissée, braqué vers la mort. Et l'homme, instinctivement, dérive lentement vers la zone de mort où se trouve l'étranger. Il dit : « Pendant l'Occupation je suis resté ici, je n'ai pas quitté le secteur. »

L'étranger n'a pas bougé. L'homme maintenant marche autour de lui, fait quelques pas, revient, montre la ville. Il dit : « Ça fait huit jours maintenant que c'est fini. Ce qu'on entend de temps en temps ce sont les tireurs des toits, mais il y en a de moins en moins. »

La sirène retentit une nouvelle fois, l'enfant crie :

« Lucien, c'est l'heure.

— J'y vais », dit Lucien.

Lucien hésite. Il va, il vient, il regarde la ville, et puis il dit à l'enfant : « Tu vas rentrer chez toi. »

L'enfant, toute sa petite figure se resserre dans l'effort de saisir quelque chose de ce qui se passe entre l'homme et l'étranger. Mais l'enfant obéit. Il rentre. Il va chercher la poussette et il retourne vers la baraque où sa mère était un moment avant. L'homme attend qu'il ait disparu avant de partir à son tour.

L'étranger n'a pas bougé.

Il est toujours assis tête baissée vers le sol, mains jointes, les bras posés sur les genoux.

Il occupe maintenant le chemin à lui seul. À lui seul ce désert, ce chemin.

C'est quand il le regarde de loin, par la fenêtre de la baraque, qu'il vient à l'idée de l'enfant que peut-être l'étranger est mort, mort d'une mort miraculeuse, sans apparence d'événement, sans forme de mort.

Aurélia Paris

C'est inventé. C'est de l'amour fou pour la petite fille juive abandonnée.

*J'avais toujours eu la tentation de transposer **Aurélia Paris** à la scène. Je l'ai fait pour Gérard Desarthe. Il l'a lu merveilleusement pendant deux semaines dans la petite salle du théâtre du Rond-Point en janvier 1984.*

Aujourd'hui, derrière les vitres il y a la forêt et le vent est arrivé. Les roses étaient là-bas dans cet autre pays du Nord. La petite fille ne les connaît pas. Elle n'a jamais vu les roses maintenant mortes ni les champs ni la mer.

La petite fille est à la fenêtre de la tour, elle a écarté légèrement les rideaux noirs et elle regarde la forêt. La pluie a cessé. Il fait presque nuit mais sous la vitre le ciel est encore bleu. La tour est carrée, très haute, en ciment noir. La petite fille est au dernier étage, elle voit d'autres tours de loin en loin, également noires. Elle n'est jamais descendue dans la forêt.

La petite fille quitte la fenêtre et se met à chanter un chant étranger dans une langue qu'elle ne comprend pas. On voit encore clair dans la chambre. Elle se regarde dans la glace. Elle voit des cheveux noirs et la clarté des yeux. Les yeux sont d'un bleu très sombre. La petite fille ne le sait pas. Elle ne sait pas non plus de même avoir toujours connu la chanson. Ne pas se souvenir l'avoir apprise.

On pleure. C'est la dame qui garde la petite fille, qui la lave et qui la nourrit. L'appartement est grand, presque vide, presque tout a été vendu. La dame se tient dans l'entrée, assise sur une chaise, à côté d'elle il y a un revolver. La petite fille l'a toujours connue là, à attendre la police allemande. Nuit et jour, la petite fille ne sait pas depuis combien d'années, la dame attend. Ce que sait la petite fille c'est que dès qu'elle entendra le mot polizeï derrière la porte la dame ouvrira et tuera tout, d'abord eux et puis ensuite, elles deux.

La petite fille va fermer les doubles rideaux noirs puis elle va vers son lit, elle allume la petite lampe de son bureau. Sous la lampe le chat. Il se dresse sous la lumière. Autour de lui, pêle-mêle il y a les journaux sur les dernières opérations de l'armée du Reich dans lesquels la dame a appris à écrire à la petite fille. Auprès du chat, étalé et raidi il y a un papillon mort couleur de poussière.

La petite fille s'assied sur le lit face au chat. Le chat bâille, s'étire et s'assied à son tour face à elle. Ils ont les yeux à la même hauteur. Ils regardent. Voici, le chant juif, la petite fille le chante pour le chat. Le chat se couche sur la table et la petite fille le caresse, l'écoute. Puis elle prend le papillon mort, elle le montre au chat, le regarde avec une grimace pour rire, et puis chante encore le chant juif. Puis les yeux du chat et de la petite fille se regardent encore.

Du fond du ciel tout à coup, la voici. La guerre. Le bruit. Du couloir la dame crie de fermer les rideaux, de ne pas oublier. Les épaisseurs d'acier commencent à passer au-dessus de la forêt. La dame crie :

« Parle-moi.

— Encore six minutes, dit la petite fille. Ferme les yeux. »

Le toit du bruit qui se rapproche, la charge de mort, les ventres pleins de bombes, lisses, prêts à s'ouvrir.

« Ils sont là. Ferme les yeux. »

La petite fille regarde ses petites mains maigres sur le chat. Elles tremblent comme les murs, les vitres, l'air, les tours, les arbres de la forêt. La dame crie : « Viens. »

Ça passe toujours. Ils sont là un peu après qu'ait dit la petite fille. Au plus fort du bruit, brutalement, l'autre bruit. Celui des pointes acérées des canons antiaériens.

Rien ne tombe du ciel, aucune chute, aucune clameur. La masse intacte de l'escadrille glisse dans le ciel.

« Où ils vont ? crie la dame.

— Berlin, dit la petite fille.

— Viens. »

La petite fille traverse la chambre noire. La dame, la voici. Là il fait clair. Là aucune fenêtre, aucune ouverture sur le dehors, c'est le bout du couloir, la porte d'entrée, c'est par là qu'ils doivent arriver. Une ampoule accrochée au mur éclaire la guerre. La dame est là à surveiller la vie de l'enfant. Elle a posé son tricot sur ses genoux. On n'entend plus rien sauf, loin, le relais des

211

canons. La petite fille s'assied aux pieds de la dame, elle dit : « Le chat, il a tué un papillon. »

La dame et la petite fille restent longuement enlacées à pleurer et à se taire gaiement comme chaque soir. La dame dit : « J'ai encore pleuré, tous les jours je pleure sur l'admirable erreur de la vie. »

Elles rient. La dame caresse les écheveaux de soie, les boucles noires. Le bruit s'éloigne encore. La petite fille dit : « Ils ont passé le Rhin. »

Il n'y a plus que le bruit du vent en rafales dans la forêt. La dame a oublié :

« Ils vont où ?

— Berlin, dit l'enfant.

— C'est vrai, c'est vrai... »

Elles rient. La dame demande :

« Qu'est-ce qu'on va devenir ?

— On va mourir, dit l'enfant, tu vas nous tuer.

— Oui, dit la dame — elle cesse de rire — tu as froid. » Elle touche le bras.

La petite fille ne répond pas à la dame, elle rit. Elle dit :

« Le chat, je l'appelle Aranacha.

— Aranachacha », répète la dame.

La petite fille rit très fort. La dame rit avec elle et puis elle ferme les yeux et touche le petit corps.

« Tu es maigre, dit la dame, tes petits os sous la peau. »

La petite fille rit à tout ce que dit la dame. C'est souvent le soir, la petite fille rit de tout ce qui vient.

Et puis voici elles se mettent à chanter le chant

juif. Puis la dame raconte : « Sauf ce petit rectangle de coton blanc cousu à l'intérieur de ta robe, nous ne savons rien de toi. Il y avait les lettres A.S. et une date de naissance. Tu as sept ans. »

La petite fille écoute le silence. Elle dit : « Ils sont arrivés au-dessus de Berlin — elle attend — ça y est. »

Elle rejette brutalement la dame, elle la frappe, puis elle se relève et s'en va. Traverse les couloirs, ne se cogne à rien. La dame l'entend chanter.

Les canons antiaériens de nouveau contre l'acier des coques bleues. La petite fille appelle la dame : « Mission accomplie, dit la petite fille. Ils reviennent. »

Le bruit augmente, ordonné, long, un flot continu. Moins lourd qu'à l'aller.

« Pas un qui a été touché, dit la petite fille.

— Combien de morts ? demande la dame.

— Cinquante mille », dit la petite fille.

La dame applaudit.

« Quel bonheur, dit la dame.

— Ils ont dépassé la forêt, dit la petite fille, ils vont vers la mer.

— Quel bonheur, quel bonheur, dit la dame.

— Écoute, dit la petite fille, ils vont passer la mer. »

Elles attendent.

— Ça y est, dit la petite fille, ils ont passé la mer. »

La dame parle toute seule. Elle dit que tous les enfants vont être tués. La petite fille rit. Elle dit au chat : « Elle pleure. C'est pour que je vienne. Elle a peur. »

La petite fille se regarde dans la glace et se parle : « Je suis juive, dit la petite fille, juif. »

La petite fille se rapproche de la glace et se regarde : « Ma mère elle tenait un commerce rue des Rosiers à Paris. »

Elle montre vers le couloir : « C'est elle qui me l'a dit. »

La petite fille parle au chat, elle parle.

« Des fois je veux mourir, dit la petite fille — elle ajoute — Mon père, moi je crois que c'était un voyageur, il venait de la Syrie. »

Du fond de l'espace extérieur le recommencement de la rumeur. La petite fille crie : « Ils reviennent. »

La dame a entendu la deuxième charge de mort. Elles attendent.

« C'est où cette fois ? »

La petite fille ferme les yeux pour mieux entendre. Elle dit : « Vers Düsseldorf. »

La petite fille a caché sa tête dans ses mains, elle a peur. Au loin, la dame du couloir récite la liste des villes du Palatinat, elle demande à Dieu le massacre des populations allemandes.

« J'ai peur, dit la petite fille. »

La dame n'a pas entendu.

Le chat est parti, il est dans les couloirs éteints, là où le bruit est moins fort.

« J'ai peur, répète la petite fille.

— Ils sont nombreux ? demande la dame.

— Mille, dit la petite fille. Ils sont là. »

Ça y est, ils ont atteint la forêt. Ils passent. L'électricité s'éteint.

« Je voudrais qu'ils tombent, crie la petite fille, je voudrais que ce soit fini. »

La dame crie à la petite fille de se taire, que c'est honteux.

La dame prie, elle récite, à voix très haute, de folle, une prière apprise dans l'enfance. Et puis soudain l'enfant crie dans le noir : « La forêt. »

Soudain, la fin du monde, le raclement énorme qui s'écrase, le fracas, la clameur et puis l'incendie, la lumière.

Au-dessus, l'escadrille avance.

L'avion tombé est laissé.

La petite fille soulève le rideau et regarde le feu. Ce n'est pas loin de la tour.

La petite fille cherche la forme de l'aviateur anglais. La dame hurle dans le noir : « Viens, viens avec moi. »

La petite fille va.

« C'est un avion anglais, il est tombé juste là », dit la petite fille.

Elle dit que la forêt brûle, juste là, en bas de la tour, un peu après. Que tout est désert à part le feu.

La petite fille voudrait aller voir l'avion tombé. La dame dit qu'elle ne veut pas voir ça, une chose pareille. La petite fille insiste, elle dit que l'aviateur est mort, que non, c'est seulement du feu, de venir.

La dame pleure, elle dit que ce n'est pas la peine.

« Si j'avais su, enfin n'en parlons plus, d'autant que je n'ai rien contre cette petite fille... rien... j'aurais préféré que ce soit des juifs qui s'en occupent, et puis plus jeunes... mais comment?... Partis les deux, dans la nuit, un train de treize fourgons mais partis pour où? Et comment faire pour prouver que c'est elle leur enfant? Comment?... s'ils reviennent, disent que oui, pourquoi pas?... elle grandit trop vite la petite fille, on dit que c'est le manque de nourriture... sept ans d'après le petit rectangle blanc du tricot...

La petite fille écoute la dame. Parfois elle éclate de rire et la dame se réveille. Elle demande ce qu'il y a, qui a parlé et où ils sont allés.

« Mannheim, dit la petite fille, ou bien Francfort, ou bien Munich, ou bien Leipzig, ou bien Berlin — elle s'arrête — ou bien Nimègue. »

La dame dit qu'elle aime cette petite fille, beaucoup. Puis elle se tait. Puis elle dit encore qu'elle l'aime et tant. La petite fille la secoue doucement. Elle dit :

« Alors elle est montée en courant, elle portait une petite fille?

— C'est ça.

— Qui?

— Ta mère, dit la dame.

— « Prenez la petite j'ai une course urgente à faire », dit la petite fille.

— C'est ça, « j'ai une course urgente à faire je reviens dans dix minutes ».

— « Du bruit dans l'escalier? »

— Oui. La police allemande.

— Puis plus rien?

— Plus rien.

— Jamais, jamais?

— Jamais. »

La petite fille met sa tête sur les genoux de la dame pour que la dame caresse ses cheveux.

La dame caresse les cheveux de la petite fille comme elle le désire, fortement, et elle lui parle de sa propre vie. Puis sa main s'arrête. Elle demande :

« Alors, ils sont où ces gens?

— Liège, dit la petite fille, ils rentrent. »

La petite fille demande à la dame : « Celui qui est mort, qui c'était? »

La dame raconte une histoire d'aviateur anglais.

La petite fille serre la dame dans ses bras. La dame se plaint.

« Embrasse-moi embrasse-moi », dit la petite fille.

La dame fait un effort et caresse les cheveux de la petite fille puis le sommeil est plus fort. De relais en relais dans la ville les sirènes de la fin de l'alerte.

« Dis-moi son nom, dit la petite fille.

— Le nom de qui? demande la dame.

— De qui tu veux.

— Steiner, dit la dame. C'est ce que la police criait. »

Le chat. Il revient d'une chambre latérale.

« Ils sont revenus, dit la petite fille, ils vont passer la mer. »

La petite fille se met à caresser le chat, d'abord distraitement puis de plus en plus fort. Elle dit : « Il a mangé une mouche aussi. »

La dame écoute. Elle dit :

« On ne les entend pas revenir.

— Ils sont passés par le Nord », dit la petite fille.

Déjà, aux vitres, le jour. Il pénètre dans le couloir de la guerre.

Le chat se couche sur le dos, il ronronne du désir fou d'Aurélia. Aurélia se couche contre le chat. Elle dit : « Ma mère, elle s'appelait Steiner. »

Aurélia met sa tête contre le ventre du chat. Le ventre est chaud, il contient le ronronnement du chat, vaste, un continent enfoui.

« Steiner Aurélia. Comme moi. »

Toujours cette chambre où je vous écris. Aujourd'hui, derrière les vitres, il y avait la forêt et le vent était arrivé.

Les roses sont mortes dans cet autre pays du Nord, rose par rose, emportées par l'hiver.

Il fait nuit. Maintenant je ne vois plus les mots tracés. Je ne vois plus rien que ma main immobile qui a cessé de vous écrire. Mais sous la vitre de la fenêtre le ciel est encore bleu. Le bleu des yeux d'Aurélia aurait été plus sombre, vous voyez, surtout le soir, alors il aurait perdu sa couleur pour devenir obscurité limpide et sans fond.

Je m'appelle Aurélia Steiner.

J'habite Paris où mes parents sont professeurs.

J'ai dix-huit ans.

J'écris.

DU MÊME AUTEUR

Aux Éditions de Minuit

MODERATO CANTABILE, 1958

DÉTRUIRE DIT-ELLE, 1969

LES PARLEUSES, entretiens avec Xavière Gauthier, 1974

LE CAMION, suivi de ENTRETIEN AVEC MICHELLE PORTE, 1977

LES LIEUX DE MARGUERITE DURAS, 1977

L'HOMME ASSIS DANS LE COULOIR, 1980

L'ÉTÉ 80, 1980

AGATHA, 1981

L'HOMME ATLANTIQUE, 1982

SAVANNAH BAY, 1982

LA MALADIE DE LA MORT, 1983

L'AMANT, 1984

LES YEUX BLEUS CHEVEUX NOIRS, 1986

LA PUTE DE LA CÔTE NORMANDE, 1986

EMILY L., 1987

Aux Éditions P.O.L

OUTSIDE, 1984 (1ᵉ parution, Albin Michel, 1981) (Folio n° 2755)

LA DOULEUR, 1985 (Folio n° 2469)

LA VIE MATÉRIELLE, Marguerite Duras parle à Jérôme Beaujour, 1987 (Folio n° 2623)

LA PLUIE D'ÉTÉ, 1990 (Folio n° 2568)

YANN ANDRÉA STEINER, 1992 (Folio n° 3503)

LE MONDE EXTERIEUR, OUTSIDE 2, 1993

C'EST TOUT, 1999

CAHIERS DE LA GUERRE ET AUTRES TEXTES, 2006 (Folio n° 4698)

Au Mercure de France

L'ÉDEN CINÉMA, 1977 (Folio n° 2051)

LE NAVIRE NIGHT — CÉSARÉE — LES MAINS NÉ-
GATIVES — AURELIA STEINER, AURELIA STEI-
NER, AURELIA STEINER, textes, 1979 (Folio n° 2009)

Chez d'autres éditeurs

L'AMANTE ANGLAISE, 1968, *théâtre*, Cahiers du théâtre national populaire

VERA BAXTER OU LES PLAGES DE L'ATLANTI-
QUE, 1980, éditions Albatros

LES YEUX VERTS, 1980, Cahiers du Cinéma

LA JEUNE FILLE ET L'ENFANT, adaptation de L'ÉTÉ 80
par Yann Andréa, lue par Marguerite Duras, 1981, *cassette*, Éditions des Femmes

LA MER ÉCRITE, photographies de Hélène Bamberger, 1996,
Marval

Films

LA MUSICA, 1966, film coréalisé par Paul Seban, distr. Artistes as-
sociés

DÉTRUIRE DIT-ELLE, 1969, distr. Benoît-Jacob

JAUNE LE SOLEIL, 1971, distr. Benoît-Jacob

NATHALIE GRANGER, 1972, distr. Films Moullet et Compagnie

LA FEMME DU GANGE, 1973, distr. Benoît-Jacob

INDIA SONG, 1975, distr. Films Sunshine Productions

BAXTER, VERA BAXTER, 1976, distr. Sunshine Productions

SON NOM DE VENISE DANS CALCUTTA DÉSERT,
1976, distr. D.D. productions

LE CAMION, 1977, distr. D.D. Prod

LE NAVIRE NIGHT, 1979, distr. Films du Losange

CÉSARÉE, 1979, distr. Benoît Jacob

LES MAINS NÉGATIVES, 1979, distr. Benoît Jacob

AURÉLIA STEINER dit AURÉLIA MELBOURNE, 1979, distr. Benoît Jacob

AURÉLIA STEINER dit AURÉLIA VANCOUVER, 1979, distr. Benoît Jacob

AGATHA ET LES LECTURES ILLIMITÉES, 1981, distr. Benoît Jacob

DIALOGUE DE ROME, 1982, prod. Coop. Longa Gittata, Rome

L'HOMME ATLANTIQUE, 1981, distr. Benoît Jacob

LES ENFANTS, avec Jean Mascolo et Jean-Marc Turine, 1985, distr. Benoît Jacob

Adaptations

MIRACLE EN ALABAMA de William Gibson. Adaptation de Marguerite Duras et Gérard Jarlot, L'Avant-Scène, 1963

LES PAPIERS D'ASPERN de Michael Redgrave d'après une nouvelle de Henry James. Adaptation de Marguerite Duras et Robert Antelme, Ed. Paris-Théâtre, 1970

SUR MARGUERITE DURAS

C. Blot-Labarrère commente *Dix heures et demie du soir en été* de Marguerite Duras, 1999 (Foliothèque n° 82)

Laure Adler, MARGUERITE DURAS, Gallimard, 1998 (Folio n° 3417)

M. Borgomano commente LE RAVISSEMENT DE LOL V. STEIN de Marguerite Duras, 1997 (Foliothèque n° 60)

M.-P. Fernandes, TRAVAILLER AVEC DURAS, Gallimard, 1986

M. -Th. Ligot commente UN BARRAGE CONTRE LE PACI-
FIQUE de Marguerite Duras, 1992 (Foliothèque n° 18)

J. Kristeva, « *La maladie de la douleur : Duras* » in SOLEIL NOIR.
Dépression et mélancolie, 1987 (Folio Essais n° 123)

Composition Eurocomposition
Impression Novoprint
à Barcelone, le 5 mai 2008
Dépôt légal: mai 2008
Premier dépôt légal dans la collection: mars 1993

ISBN 978-2-07-038704-5./Imprimé en Espagne.

160404